Narinder Dhami

Böser Bruder, toter Bruder

Narinder Dhami

BÖSER BRUDER, TOTER BRUDER

Aus dem Englischen von Kerstin Winter

Ravensburger Buchverlag

Bibliografische Information der Deutschen Nationalbibliothek:

Die Deutsche Nationalbibliothek verzeichnet diese Publikation
in der Deutschen Nationalbibliografie.
Detaillierte bibliografische Daten sind im Internet
über *http://dnb.d-nb.de* abrufbar.

MIX
Papier aus verantwortungsvollen Quellen
FSC® C006701

1 2 3 13 12 11

Originally published 2009 in Great Britain
by Corgi Books as *Bang, Bang, You're Dead!*
Corgi Books are published by Random House
Children's Books, 61-63 Uxbridge Road, London W5 5SA.

Coverdesign in Anlehnung an das Originalcover
von Corgi Books: Dirk Lieb unter Verwendung
eines Fotos von Jenny Matthews, Alamy
Redaktion: Beate Spindler

Printed in Germany

ISBN 978-3-473-35332-3

www.ravensburger.de

FÜR ROBERT

Dr. Macdonald hat mich gebeten, ihr zu erzählen, was an jenem Tag passiert ist.

Ich weiß, dass sie mir helfen will, aber ich glaube, sie will mich auch austricksen.

Sie will ganz genau wissen, was geschehen ist, welche Rolle ich dabei gespielt und warum ich es getan habe. Sie will mir in den Kopf gucken, und das ist einer der Gründe, warum ich sie nicht leiden kann.

Da Jamie jetzt tot und begraben ist, bin ich zum ersten Mal in meinem Leben auf mich allein gestellt. Doch ich fühle mich inzwischen stark genug, um damit klarzukommen.

Also werde ich Dr. Macdonald tatsächlich erzählen, was passiert ist. Egal was sie dann von mir hält.

Und ich werde ihr die Wahrheit sagen.

Ich habe bloß ein Problem: Wer wird mir schon glauben?

EINS

MONTAG, 10. MÄRZ, 7.51 UHR

Ein ganz normales Bild: eine Familie montags beim Frühstück, bevor die Kinder zur Schule gehen.

Die Menschen in diesem Bild sind allerdings nicht normal. Unsere Mutter stürzt sich gerade kopfüber in eine ihrer manischen Phasen, die ihren wochenlangen Depressionen folgen. Sie wuselt in der Küche herum und plappert unaufhörlich. Sie hat wieder eine neue Idee: Sie will im Garten Hühner halten, um sich das Geld für die Eier zu sparen. Ich mag keine Eier, Jamie isst keine, und Mum hat eine Allergie gegen Federn.

Mein Zwillingsbruder sitzt mir gegenüber. Er isst nicht, spricht nicht und sieht weder mich noch Mum an. Er starrt düster auf den Küchenboden, versunken in seine eigene Welt. Jamie will mit Mum und ihren bizarren Macken, mit ihren emotionalen Berg-und-Tal-Fahrten schon seit Langem nichts mehr zu tun haben. Die beiden haben keine Beziehung zueinander. Jamie und ich standen uns bis vor Kurzem sehr nahe, aber diese enge Verbundenheit löst sich auf. Jetzt scheinen wir nur noch zu streiten. Ich kann mich nicht mehr wie früher auf ihn verlassen. Und manchmal sagt er Dinge, die mir Angst machen.

Ich heiße Mia. Ich bin der Kitt, der dieses Schiff zusammenhält, auch wenn wir sinken. Und glaubt mir, wir sinken schnell.

Mein Vater gehört nicht zu diesem Bild. Er hat Mum verlassen, bevor wir geboren wurden, und sich kurz danach von ihr scheiden lassen. Wir sind ihm noch nie begegnet und kennen nicht einmal seinen Namen. Mum weigert sich, ihn uns zu sagen.

»Wir könnten ja Zimmer vermieten«, plappert Mum munter weiter. Sie schleppt eine Trittleiter vor die hohen Regale, zieht Pfannen und Töpfe heraus und stellt sie auf die Arbeitsfläche. »Diese Küche braucht unbedingt eine Grundreinigung. Und ich habe mir überlegt, dass wir den Dachboden ausbauen könnten. Da oben ist jede Menge Platz.«

»Oh Gott!«, murmelt Jamie. Das Erste, was er heute Morgen von sich gegeben hat.

»Das ist bestimmt keine schlechte Idee, Mum«, sage ich beschwichtigend. »Das Geld könnten wir gut gebrauchen.«

Jamie verdreht die Augen und wirft mir einen verächtlichen Blick zu, weil ich Mum auch noch ermutige.

Aber ich weiß doch, dass es bei uns weder Untermieter auf dem Dachboden noch Hühner im Garten geben wird. Wenn Mum sich endlich zu irgendwas aufgerafft hat, wird sie meistens wieder depressiv und liegt dann wochenlang im Bett.

Früher hat sie ein Medikament genommen, mit dem sich die Stimmungsschwankungen einigermaßen kontrollieren ließen, doch als Opa gestorben ist, hat sie es abgesetzt. Ich hasse es, mich mit ihr zu streiten. Das ist auch so eine Sache, die Jamie mir vorwirft. Er findet mich zu weich. Er meint, es müsse uns doch irgendjemand helfen können – ein Arzt, das Sozialamt, wer auch immer. Dabei haben wir schon alles probiert. Mum sträubt sich mit aller Macht gegen Ärzte und Krankenhäuser und jegliche Einmischung von außen. Sie bricht in Tränen aus, wenn ich das Thema Behandlung auch nur anspreche. Arzttermine hält sie sowieso nicht ein, und wenn einer vom Amt bei uns anklopft, versteckt sie sich.

»Okay, dann werde ich einkaufen gehen.« Mum wendet sich von den halb geleerten Regalen ab, greift sich einen Wischmopp und putzt wie wild den Boden. »Wir brauchen Betten und Vorhänge und Kleiderschränke und …«

Mit wutverzerrtem Gesicht springt Jamie auf und rauscht aus der Küche, wobei er die Tür so heftig aufstößt, dass es knallt. Ich renne ihm sofort nach, um ihn zu beruhigen, aber Mum merkt es nicht einmal.

Ich kann es Jamie nicht verübeln. Wir haben kein Geld, und Mum schafft es nicht, einen Job zu behalten. Deshalb leben wir von der Stütze und verkaufen hin und wieder einen von Opas kostbaren Schätzen für ein paar lumpige Pennys. Das hasse ich mehr als alles andere. Aber wenn Mum in ihrer manischen Phase ist, muss sie shoppen.

Vor einigen Monaten kamen Jamie und ich von der Schule nach Hause und entdeckten ein brandneues schwarzes Mercedes Cabrio in unserer Einfahrt. Es ging auf direktem Weg zurück zum Händler, und Mum schmollte tagelang.

Gestern hat sie davon gesprochen, sich eine Harley zu kaufen. Sie hat nicht mal einen Führerschein.

Jeden Monat verstopfen Kreditkartenrechnungen unseren Briefschlitz, aber Mum kümmert sich nicht darum, sondern beantragt einfach neue Karten. Keine Ahnung, wie sie die bekommt. Irgendwie habe ich das ungute Gefühl, dass da Betrug im Spiel ist.

Als Jamie und ich noch klein waren, mussten wir aus unserer Wohnung ausziehen, weil Mum die Miete nicht mehr zahlen konnte, und so landeten wir bei Opa. Er war der Einzige, der Einfluss auf Mum hatte, aber er starb vor gut einem Jahr. Ich kann nicht beschreiben, wie sehr ich ihn geliebt habe und wie sehr er mir fehlt.

Dieses riesige, baufällige Haus fühlt sich jetzt zu groß und einsam an. Es ist ein seltsamer Kasten, zugig und überheizt zugleich, mit Erkern und Türmen aus rotem Backstein und Buntglasscheiben, die kaum Licht durchlassen. Es sieht aus wie eine Kirche, in der es spukt.

Die Kinder aus der Gegend nennen uns die Addams Family. Vielleicht liegt es an dem Haus, vielleicht aber auch daran, dass sie uns merkwürdig finden. Sie sprechen nicht mit uns. Aber sie rufen uns ab und zu Beleidigungen hinterher.

»Ich muss los, Mum.« Ich bleibe in der Tür stehen. »Bis nachher.«

Mum lässt den Wischmopp auf den Boden fallen und eilt zu mir, um mich an sich zu drücken. Sie ist wunderschön, groß und schlank, und sie hat traumhafte schwarze Locken. Bei ihrem Anblick käme keiner auf die Idee, dass sie krank sein könnte.

»*Ich wünsch dir einen schönen Tag, Schätzchen*«, singt sie zu der Melodie, die im Radio läuft. »*Und mach dir keine Sorgen um mich. Ich komme schon klar.*«

Ich nicke, obwohl ich mir sehr wohl Sorgen machen werde, und sie weiß es. Das wird sie allerdings nicht daran hindern, mit haarsträubender Leichtfertigkeit all das zu tun, was ihr in den Sinn kommt, wenn die Manie die Überhand gewinnt.

Da Jamie im Flur auf mich lauern wird, um mir Vorwürfe zu machen, versuche ich noch rasch, die Situation wenigstens etwas zu retten.

»Hör mal, Mum. Die Idee mit dem Untermieter ist wirklich toll, aber vielleicht wartest du mit den neuen Möbeln, bis wir den Dachboden entrümpelt haben …«

Mums Miene verändert sich. »Warum?«, faucht sie mich an. Ihre gute Laune ist wie weggeblasen, und ich knicke unter ihrem herausfordernden Blick ein.

»Na ja, weil …«, stammele ich und wünsche mir, ich hätte es einfach gut sein lassen, wie ich es in neunundneunzig Prozent aller Fälle tue. Wie immer, wenn ich versuche, es sowohl Mum als auch Jamie recht zu machen, geht es schief. »Wir sind im Augenblick ein bisschen knapp bei Kasse …«

Voller Wut tritt Mum nach dem Wischmopp. Er schlittert über den Boden auf mich zu, und ich bringe mich mit einem Satz nach hinten in Sicherheit.

»Ich habe Geld!«, schreit Mum. Kalt, hart, zornig. »Ich habe drei neue Kreditkarten!«

»Ich dachte ja nur, dass wir vielleicht vorher Platz

schaffen sollten«, murmele ich und bewege mich rückwärts auf die Tür zu.

Ich hätte meinen Überlebensinstinkten trauen und den Mund halten sollen. Meistens drücke ich mich vor Entscheidungen und wenn nicht, treffe ich garantiert die falschen.

»Halt dich da raus, Mia!«, kreischt Mum wie eine Furie. Ich habe solche Wutanfälle schon öfter erlebt. Sie dauern nie lange, aber sie jagen mir immer wieder Angst ein. »Du bist noch ein Kind, also misch dich nicht in Dinge ein, die dich nichts angehen! Fürs Geld bin *ich* zuständig!«

»Halt die Klappe, Mum!« Jamie taucht neben mir auf. Er sieht genauso wütend und aggressiv aus wie Mum. Die beiden sind sich ähnlicher, als sie wahrhaben wollen. »Du bist echt jämmerlich, weißt du das? Du scherst dich einen Dreck um andere. Es geht immer nur um dich …«

Mum greift nach einem Teller und schleudert ihn in unsere Richtung. Ich ducke mich, während Jamie reglos stehen bleibt. Der Teller verfehlt uns und zerspringt scheppernd am Boden.

»Hör auf damit!«, stöhnt Mum und rauft sich das Haar. »Immer hast du was an mir auszusetzen. Ich hab's satt. Hau ab! Geh mir aus den Augen und lass mich in Frieden!«

»Schon gut, Mum«, sage ich schnell. »Ist ja schon gut. Kauf, was du magst.«

Ich will jetzt nur noch verschwinden, aber Jamie steht wie angewurzelt da. Frustriert und zornig.

Ich packe seinen Arm und ziehe ihn in den Flur. Er macht sich los, lässt sich auf die unterste Treppenstufe fallen und vergräbt das Gesicht in den Händen. Ich werfe einen Blick in die Küche und sehe, dass Mum vor Wut bebt. Sie lässt den Wischmopp liegen, sinkt auf einen Küchenstuhl, zieht die Beine an und macht sich ganz klein. Lautlos schließe ich die Tür.

Sie ist krank, sage ich mir wie immer. Sie kann nichts dafür.

Aber nach so vielen Jahren endloser Wiederholungen ist dieses Mantra abgenutzt und hat an Kraft verloren. Nach den niederschmetternden Vorfällen der vergangenen Woche ist mir klarer denn je, dass wir so nicht weitermachen können, aber bei dem Gedanken an die Alternative packt mich eiskalte Angst.

Jamie ist immer noch sauer, und er ist unruhig. Unablässig tappt sein Fuß auf die Fliesen. Der schwarzweiße viktorianische Flurboden müsste dringend geputzt werden. Mindestens sechs Fliesen sind zerbrochen. Bretter ersetzen die fehlenden Buntglasscheiben der Tür. Seit Opas Tod geht es auch mit dem Haus steil bergab.

»Warum machst du das, Mia?«, will Jamie wissen. Seine dunklen Augen fixieren mich, und ich kann seine Anspannung förmlich spüren. Er wirkt wie ein in die Enge getriebenes Tier, das bereit ist, bis zum Tod zu kämpfen. »Warum musst du ihr immer nachgeben?«

Ich seufze. »Lass gut sein.«

Jamie spricht aus, was ich eben noch gedacht habe: »Du weißt doch, dass es so nicht weitergehen kann.«

»Na, dann hilf mir!«, platzt es aus mir heraus. »Sag mir, was ich tun soll!«

Jamie schüttelt den Kopf. »Du kapierst es einfach nicht, oder?«, entgegnet er müde. »Ich kann den Laden nicht alleine schmeißen, und *du* schaffst es nicht, dich gegen Mum durchzusetzen. Darum gerät alles außer Kontrolle. Reiß dich zusammen! Du musst härter werden. Du kannst dich nicht für immer auf mich verlassen.« Er bricht ab und sieht weg. Ich versteife mich, weil ich schon ahne, was jetzt kommt. »Was würdest du machen, wenn ... na ja, wenn ich nicht mehr hier wäre?«

Mir wird eiskalt. Etwas Ähnliches hat er schon mal gesagt, mehrmals sogar, und ich habe keine Ahnung, was er damit meint. Ich frage lieber nicht nach.

»Sei nicht blöd.« Ich lache nervös. »Ich mag es nicht, wenn du so einen Quatsch redest. Du gehst doch nicht weg!«

Jamie schaut mich nicht an. Schweigt. Panik schnürt mir die Kehle zu, und ich bekomme kaum noch ein Wort über die Lippen. Was geht nur in seinem Kopf vor? Früher hätte ich es gewusst. Aber jetzt umgibt meinen Bruder ein unergründliches, finsteres und – wie ich fürchte – gefährliches Geheimnis.

»Du würdest mich doch nicht einfach … im Stich lassen, oder?«, krächze ich.

Jamie wirft mir einen seltsamen Blick zu. »Hier läuft alles falsch«, sagt er mit leiser Stimme und macht mir damit mehr Angst, als wenn er die Worte herausgebrüllt hätte. »Und ich habe es satt, die Dinge geradezurücken.«

Er steht auf und stapft sichtlich frustriert die Stufen hinauf. Ich gehe ihm nach, aber er bleibt stehen, wo die Treppe abknickt, und dreht sich zu mir um.

»Weißt du noch, was ich letzte Woche gesagt habe, Mia?«, flüstert er. »Ich hab dich gewarnt. Wenn Mum sich keine Hilfe holt, müssen wir ihr zeigen, was sie uns mit ihrer Krankheit antut!«

»Du hast gesagt, dass du sie wachrütteln willst. Damit sie es endlich kapiert.«

Ich zittere. Ich wusste, dass dieser Moment kommen würde, und ich fürchte mich entsetzlich. »Du hast gesagt, wir müssen ihr klarmachen, dass sie nicht so weitermachen kann. Und wir auch nicht.«

Jamie nickt. Er scheint mich mit seinen dunklen Augen förmlich zu durchbohren. »Es ist Zeit.«

Seine Stimme klingt so entschlossen, dass mir die Knie einknicken.

»Aber was hast du denn vor?«, frage ich verzweifelt. »Was, Jamie?«

Jamie starrt auf mich herab. Seine Miene ist verschlossen, nicht zu deuten, aber ich erkenne einen Hauch von Trauer in seinem Blick.

»Das kann ich dir nicht sagen, Mia«, antwortet er knapp und verschwindet nach oben.

Mir ist übel vor Angst.

Ich weiß, dass Jamie Recht hat. So kann es nicht weitergehen. Doch ich bin zu schwach und zu feige, um etwas zu unternehmen. Ich bin ein stilles Mäuschen, das nicht auffallen will.

Jamie und ich sehen uns sehr ähnlich – jeder kann sich denken, dass wir Zwillinge sind –, aber ich bin bloß ein blasser Abklatsch von ihm, sein Schattenbild. Wir haben beide schwarzes Haar. Seins ist voll und glänzend, meins dagegen strähnig und matt. Obwohl unsere Augen denselben Braunton und dieselbe Form haben, sind meine stumpf, während seine funkeln. Jamie ist groß und sportlich. Ich bin nicht kleiner, aber ungelenk und knochig. An mir ist nichts Besonderes. Jamie ist fünf Minuten jünger als ich, hat aber nicht nur das gute Aussehen für sich gepachtet, sondern auch den starken Charakter, das Temperament, die Power. Er hat vor nichts Angst. Ich dagegen bin nicht der Typ, der sich aufspielt oder sich unbedingt durchsetzen muss. Ich gehe lieber den Weg des geringsten Widerstands und nehme, was man mir gibt.

Vergangene Woche dachte ich blöde Kuh, dass ich vielleicht doch nicht so gewöhnlich bin. Das hielt natürlich nicht lange an. Ich war so glücklich, weil ich den Aufsatzwettbewerb gewonnen hatte. Inzwischen hat sich die ganze Sache in eine Katastrophe verwandelt. Dabei hätte ich es mir eigentlich denken können. Mir passiert nie etwas Gutes, ohne dass sofort etwas Schlechtes folgt.

Der Aufsatz war Ms Kennedys Schuld.

Ms Kennedy ist meine Lieblingslehrerin, seit ich auf die Hollyfield School gehe. Sie und ich reden dauernd über irgendwelche Romane – und ich meine *wirklich* reden: Wir diskutieren darüber und manchmal streiten wir uns sogar. Ms Kennedy leiht mir Bücher und lobt meine Geschichten. Sie hat mir geraten, über eine Karriere als Autorin nachzudenken. Ich, Mia, die Maus, eine Autorin!

Ms Kennedy nimmt mich richtig ernst, als hätte ich Respekt verdient. Das tun nicht viele Leute. Aber es war auch Ms Kennedy, die mich überredet hat, bei dem Schreibwettbewerb mitzumachen, der mir nichts als Ärger eingebracht hat. Inzwischen hasse ich sie fast. Oder sagen wir, ich würde sie hassen, wenn ich die Energie dazu aufbringen könnte.

Ich nehme meine Schultasche und stecke das Buch ein, das Ms Kennedy mir geborgt hat: *Stolz und Vorurteil.* Solche Bücher sind Genuss pur: meine Flucht in eine Welt, in der alles durch Etikette und gutes Benehmen bestimmt wird. Klingt himmlisch.

Ich muss den Schulbus kriegen. Jamie ist nirgendwo zu sehen, aber das kommt in letzter Zeit öfter vor. Früher sind wir immer zusammen gefahren, doch jetzt verschwindet er einfach und taucht dann irgendwann in der Schule auf. Ich sehe ihn nie auf dem Weg, und ich traue mich auch nicht nachzuhaken, wohin er gegangen ist, wen er getroffen oder was er getan hat. In Jamie steckt so viel mehr, als man ahnt, und ich habe zu viel Angst, ihn das zu fragen, was mich brennend interessiert.

Heute besonders. Ich wünschte, ich hätte eine Ahnung, was er vorhat.

Das kann ich dir nicht sagen, Mia.

Heißt das, er weiß selbst nicht, was er tun wird, oder ist es zu schrecklich, um es mir zu erzählen? Ich hoffe inständig, dass es sich um die erste Möglichkeit handelt.

»Wie geht's deiner Mum heute, Mia?«

Ich bin fast am Schultor, als ich den unvermeidbaren Ruf höre. Ich drehe mich nicht um, denn ich weiß bereits, wer das ist. Kat Randall und ihre Freundinnen, die Hexen, deren Lieblingsbeschäftigung es seit letzter Woche ist, mir die Zeit in der Schule so unerträglich wie möglich zu machen.

Ich gebe ihr keine Antwort, weil sie mich jeden Morgen dasselbe fragt. Drei Jahre lang wusste keiner auf der Hollyfield von Mums Krankheit, bis auf ein paar Lehrer und meine beste Freundin Bree. Doch letzte Woche hat Kat Randall es herausgefunden. Mir wird immer noch heiß und kalt vor Scham, wenn ich daran denke, was passiert ist.

Kat Randall kommt in ihren Marken-Sneakern mit den dicken Gummisohlen auf mich zu. Ihre Schulkrawatte hat den dicksten Knoten von allen und ist so kurz wie möglich, und ihr Rock endet zwanzig Zentimeter über ihren speckigen Knien. Ihr schmutzig blondes Haar ist zurückgegelt, bis auf die zwei Locken an ihren Wangen.

Kat ist richtig hart drauf. Letzte Woche hat sie sich mit ihrem Exfreund Lee Curtis auf dem Schulhof geprügelt. Und glaubt mir: Lee – der gerade von der Schule geflogen ist, weil er mit Gras gedealt hat – ist größer und noch Furcht einflößender als Kat. Aber sie hat vor nichts und niemandem Angst. Sie hat nur eins im Sinn: Schwache aufzuspüren und zu vernichten. Leider bin ich ihr neustes Opfer.

»Hast du mich nicht gehört?«, fragt Kat nun mit aufgesetztem Lächeln. »Ich will wissen, wie's deiner Mama geht.«

Ich würde am liebsten schweigen, mich ihr widersetzen, aber dazu fehlt mir der Mut, denn sie steht jetzt direkt vor mir.

»Ihr geht's gut«, nuschle ich. Ich verstehe Mums Krankheit selbst kaum, und Jamie versucht es nicht einmal. Wie kann ich also erwarten, dass eine Gruppe dämlicher Kühe mit dem Feingefühl und Verstand von Amöben es auch nur ansatzweise kapiert?

»Immer noch voll durchgeknallt?«, hakt Kat schadenfroh nach, und ihre Lakaien, die sich inzwischen um uns versammelt haben, kichern.

Kat und ihre Freundinnen sind in jeder Hinsicht unterste Schublade – und wahrlich nicht intelligent. Aber sie sind ausgesprochen talentiert, wenn es um subtile seelische Folter geht.

Ich frage mich, was Kat täte, wenn ich ihre albernen Locken packen und fest dran ziehen würde.

»Sie ist nicht durchgeknallt, sie ist krank«, erwidere ich und versuche, mich an ihnen vorbeizuschieben. »Das habe ich dir doch schon gesagt.«

Kat bringt ihr Gesicht nah an meins. Sie hat Chips zum Frühstück gegessen.

»Und ich habe *dir* gesagt, dass sie durchgeknallt ist!«, zischt sie. Mit einer blitzschnellen Bewegung – mir bleibt nicht einmal Zeit, nach Luft zu schnappen – greift sie nach meiner Krawatte und zieht sie so weit zu, dass sie mich fast erdrosselt. Ich taumele zurück und zerre panisch an der Krawatte, um sie zu lockern, doch Kat hält sie zufrieden lächelnd fest, sodass ich mir wie ein Hund an der Leine vorkomme.

»Mal wieder ganz allein, wie ich sehe«, fährt sie mit einem gespielten Blick über die Schulter fort. »Willst du jetzt zu Ms Kennedy rennen und ihr irgendwelche Geschichten auftischen? Wir wissen doch alle, wie sehr du auf sie abfährst, du Lesbe!«

Kat lacht, lässt meine Krawatte los und schlendert davon. Man sieht ihr an, wie sehr sie ihre Macht über mich genießt. Ihre Anhänger rennen ihr kichernd nach und schnattern voller Bewunderung.

Zitternd löse ich den engen Knoten meiner Krawatte und hole ein paarmal tief Luft. Ich kann nicht verhindern, dass in mir ein bitteres Gefühl aufsteigt. Jamie hat sich aus der Sache mit Kat fein herausgehalten. Früher wäre er herbeigeeilt, um mir zu helfen, aber die Zeiten sind vorbei.

Bisher hat sie mich nur mit Worten angegriffen.

Damit werde ich schon fertig. Doch heute hat sie mich zum ersten Mal angefasst. Das bedeutet wahrscheinlich, dass wir uns bald mit Fäusten attackieren, doch dieser Gedanke lässt mich seltsam kalt.

»Du bist echt dumm, Mia. Wie lange willst du dir das noch gefallen lassen?«

Ich fahre herum. Jamie hat sich mir lautlos genähert und durchbohrt mich wieder mit diesem eindringlichen Blick. Anscheinend hat er aus einiger Entfernung beobachtet, was geschehen ist, es aber nicht für nötig gehalten, mir beizustehen.

Ich zucke mit den Schultern. »Was soll ich denn machen?«

»Mia!«, ruft Jamie gequält.

Ich zucke zusammen. Ich weiß ja, dass ich blöd und schwach bin, aber ich kann einfach keine Kraft mehr aufbringen – egal wofür. Es kommt mir so vor, als wäre das, was mich ausgemacht hat – mich einzigartig gemacht hat –, im Laufe all dieser anstrengenden Jahre aus mir herausgesickert, bis nur noch eine leere Hülle zurückgeblieben ist.

»Du könntest mir dabei …«, setze ich an, aber er unterbricht mich.

»Du musst lernen, dich zu wehren!«, sagt er und klingt dabei fast wie ein Prediger. »Bist du dir eigentlich nichts wert, Mia? Verdammt, willst du wirklich dein ganzes Leben so weitermachen? Dich nie verteidigen, dich von jedem schikanieren lassen?«

Ich schweige. Leider sehe ich es genau so kommen.

»Mir reicht's.« Jamie ist immer unruhig, aber heute ist es extrem. Unaufhörlich tritt er von einem Bein auf das andere, lässt die Fingerknochen knacken und fährt sich mit der Hand durch die langen schwarzen Haare. Sein Gesicht ist leichenblass. Mir kommt der erschreckende, vielleicht auch abstruse Gedanke, dass Jamie einen Punkt erreicht hat, an dem es kein Zurück gibt. Dass er eine unsichtbare Grenze überschritten hat. »Ich habe es so satt!«

Er sieht mich nicht an, sondern durch mich hindurch. In seinem Blick liegt etwas Unheimliches. Skrupellosigkeit? Jedenfalls erinnert er mich an Mum, und ich fange wieder an zu zittern.

»Ich werde alle wachrütteln«, sagt er leise. »Auch Mum. Jetzt ist endgültig Schluss.«

Bevor ich reagieren kann, dreht Jamie sich um und geht. Seine Körperhaltung drückt eiserne Entschlossenheit aus. Ich laufe ihm nach, als er sich durch die Schülermassen drängt, verliere ihn jedoch rasch aus den Augen. Muss ich mir Sorgen machen? Durch ein paar Vorfälle in der Vergangenheit weiß ich, wozu Jamie fähig ist, aber ich verdränge meine Angst. Ich will es nicht wahrhaben. Ich bin eben feige.

»Hey, Mia!«

Meine Freundin Bree winkt mir quer über den Schulhof zu. Bree ist immer gut drauf, voller Energie und hat reine, strahlende Haut und blondes Haar. Sie müsste eigentlich im Fernsehen für etwas Gesundes wie Milch oder Schweizer Käse werben. Wir sind seit der Grundschule miteinander befreundet. Bree war immer schon hübscher und beliebter als ich, aber als wir in der vierten Klasse waren, litt ihre Mutter an einer schweren Depression. Bree brauchte Trost und fand ihn bei mir, und als ihre Mutter wieder gesund war, ließ sie mich nicht fallen. Sie ist treu und lustig und herzlich. Sie redet zu viel, aber meistens lasse ich ihren Wortschwall einfach an mir vorbeirauschen. Das tut so gut, wie in einem heißen, duftenden Bad zu liegen, denn es ist so herrlich normal.

»Stell dir vor, gestern hat Daniel angerufen ...«, sprudelt Bree los, als ich bei ihr bin.

Ich höre zu, während sie mir das Gespräch mit ihrem Freund bis ins kleinste Detail nacherzählt. Daniel will Bree dazu überreden, mit ihm zu schlafen, und Bree weiß nicht, was sie tun soll.

Ich stelle mir vor, wie wunderbar es wäre, wenn ich keine anderen Sorgen hätte, als mich entscheiden zu müssen, ob ich mit einem toll aussehenden – wenn auch ein bisschen arroganten – Jungen ins Bett gehen soll oder nicht. Ich hatte noch nie einen Freund, es sei denn, man zählt Callum Carter dazu, der mich in der Grundschule immer über den Schulhof gejagt hat, um mich zu küssen. Sicher wird mich eines Tages irgendein Verzweifelter fragen, ob ich mit ihm gehen will. Allerdings kann ich mir überhaupt nicht vorstellen, jemals einen Freund mit nach Hause zu bringen. Wenn Mum in ihrer manischen Phase ist, wird sie wahrscheinlich mit ihm flirten und sich auf seinen Schoß setzen wollen. Und wenn sie depressiv ist, könnte sie in seiner Gegenwart leicht in Tränen ausbrechen. In jedem Fall dürfte es verdammt peinlich werden.

»Und dann meinte er, wenn ich ihn wirklich lieben würde, dann würde ich mit ihm schlafen *wollen*«, sagt Bree.

»Die alte Leier?« Ich ziehe die Augenbrauen hoch. »Da hätte ich Daniel aber was Originelleres zugetraut.«

Bree kichert.

Nein, der Sex würde mir keine Sorgen machen. Nur die Vorstellung, neben einem anderen einzuschlafen. Dass er mich beobachten könnte, während ich schlafe. Ich kann mir nicht vorstellen, jemandem so sehr zu vertrauen.

Es klingelt, und wir trotten widerstrebend Richtung Eingang.

Und dann geht alles sehr schnell.

Bree und ich müssen zu unserer Klasse im zweiten Stock, wo wie üblich eine Keilerei im Gange ist. Jamie ist nicht zu sehen. Das überrascht mich. Und macht mir Sorgen.

»Mia, wo ist denn Jamie?«, ruft irgendjemand über das Gekicher und Geschwätz in der Klasse hinweg.

Ich ignoriere ihn, drehe mich nicht einmal um, denn ich weiß, dass er mich bloß ärgern will. Schließlich hat inzwischen jeder mitbekommen, wie viel mein Bruder mir bedeutet. Aber ich kann jetzt nicht über Jamie reden. Mich beschleicht das ungute Gefühl, dass etwas Schreckliches passieren wird, und mein Herz beginnt zu rasen.

Bree wirft mir einen Blick zu und öffnet den Mund. Ich gehe davon aus, dass auch sie mich nach Jamie fragen wird, aber ich will es nicht hören. Abrupt wende ich mich ab und tue so, als suchte ich etwas in meiner Tasche.

»Setzt euch, holt eure Bücher raus und haltet die Klappe, 9 a!«, brüllt unsere Lehrerin Ms Powell, während sie mit dem Klassenbuch unterm Arm hereinkommt.

Bree hat sich Lee Hung zugewandt, die auf der anderen Seite neben ihr sitzt. Ich lehne meinen Kopf an die Fensterscheibe, an der mein Tisch steht, und frage mich völlig erschöpft, wann Kat Randall es wohl satthat, mich zu piesacken, und sich ein anderes Opfer sucht.

Ich wünschte, ich könnte irgendwas machen, um sie loszuwerden. Aber ich kann's nicht, weil ich schlicht und ergreifend zu feige bin.

Während ich auf den Schulhof hinabstarre, entdecke ich Jamie. Er hat den Kopf gesenkt, aber er geht sehr zielgerichtet – allerdings nicht zu unserer Klasse. Er marschiert in die andere Richtung, zum Nebengebäude.

Hollyfield ist eine ziemlich alte Schule, die schon in den Siebzigern gebaut wurde. Im Laufe der Jahre hat man sie immer wieder erweitert. Das zweistöckige Nebengebäude ist durch einen gläsernen Gang mit dem Haupthaus verbunden, und im ersten Stock befindet sich die 9 d, die Klasse von Kat Randall und Konsorten.

Jamie, was hast du vor?, frage ich lautlos. *Sprich doch mit mir.*

Früher bestand zwischen meinem Bruder und mir eine Art telepathische Verbindung, wie es bei Zwillingen häufig vorkommt. Sie war so zart und flüchtig wie ein Schmetterling. Doch seit Opas Tod kommt sie kaum noch zustande. Jamie ist sehr geschickt darin, mich auszuschließen, und so überrascht es mich nicht, dass er mir jetzt nicht antwortet.

Was hat er im Anbau vor?

Es wird etwas Schreckliches passieren.

Ich weiß es.

Ich stehe mit weichen Knien auf. Noch sitzen nicht alle, Bree ist mit Lee Hung ins Gespräch vertieft, und Ms Powell muss sich mit fehlendem Essensgeld und Hausaufgabenproblemen auseinandersetzen. Ich schlüpfe unbemerkt aus dem Raum.

Die Gänge sind wie ausgestorben. Bis zum nächsten Klingeln darf kein Schüler seinen Klassenraum verlassen. Ich verstoße gegen eine Schulregel. Allein bei dem Gedanken wird mir schlecht. Mia Jackson verstößt nie gegen Regeln. Dazu ist sie viel zu ängstlich. Ich zittere schon wieder, aber es liegt nicht allein daran, dass ich etwas tue, was ich nicht darf.

Ich habe entsetzliche Angst und weiß nicht, wovor.

Ich gehe auf das nächste Treppenhaus zu, als ich Schritte höre, die rasch näher kommen. Panisch verstecke ich mich hinter einem Bücherregal, bevor die Person um die Ecke biegt. Ich habe das Gefühl, dort stundenlang zu warten, aber wahrscheinlich sind es höchstens fünf Minuten. Dann ertönen noch mehr Schritte, und kurz darauf höre ich gedämpfte Stimmen, die sehr ernst klingen. Wieder Schritte, diesmal rennt jemand.

Ich stehe hinter dem Regal und bin wie gelähmt vor Angst, dass man mich entdeckt. Ich weiß schon gar nicht mehr, warum ich überhaupt die Klasse verlassen habe. Jamie wird wahrscheinlich einen völlig plausiblen Grund gehabt haben, ins Nebengebäude zu gehen, einen Grund, der überhaupt nichts mit Kat Randall zu tun hat. Vielleicht ist er schon längst auf dem Weg zu unserer Klasse …

Und dann schrillt direkt über meinem Kopf der Feueralarm los.

Vor Schreck schnappe ich nach Luft, presse mir die Hände auf die Ohren und springe hinter dem Bücherregal hervor. Es spielt keine Rolle, dass ich nun zu sehen bin, denn eine Sekunde später werden die Türen aufgestoßen. Schüler und Lehrer strömen auf den Notausgang zu wie Bäche auf dem Weg zum Meer.

Ich verschmelze mit der Menge. Hinter mir höre ich Schreie, und einige der Lehrer wirken leichenblass und sehr verängstigt. Heißt das, es brennt wirklich? Mein Herz setzt einen Schlag aus. *Jamie?*

»Mia!« Jemand packt mich am Arm, als sich der Menschenstrom an unserem Klassenzimmer vorbeiwälzt. Ich wende den Kopf und schaue in Brees angstverzerrtes Gesicht.

»Wo zum Teufel warst du?«, kreischt sie. Ihre Nägel graben sich schmerzhaft in meinen Arm. »Wir müssen hier raus!«

»Brennt's denn wirklich?«, frage ich, obwohl ich mich vor der Antwort fürchte. Vielleicht wurde das Feuer ja absichtlich gelegt!

Bree schüttelt den Kopf. »Schlimmer«, presst sie hervor. Sie zittert am ganzen Körper und hyperventiliert fast. »Sie sagen, dass hier jemand mit einer Knarre rumläuft.«

ZWEI

MONTAG, 10. MÄRZ, 8.56 UHR

Die Zeit scheint stillzustehen.

»Mit einer Knarre?«, wiederhole ich entsetzt. Ich bekomme diese einfachen Worte nur schwer über die Lippen.

Bree nickt, schlingt die Arme um sich und wiegt den Oberkörper vor und zurück. Ein paar Achtklässlerinnen rennen kreischend an uns vorbei und reißen Bree fast mit sich.

»Können wir jetzt *bitte* verschwinden?«, schreit sie mich an.

Sie wirbelt herum und will wie alle anderen zum Notausgang, aber ich packe sie am Arm und drehe sie zu mir um, sodass sie mich gegen die allgemeine Fluchtrichtung ansehen muss.

»Wer denn?«, brülle ich. Mein Herzschlag dröhnt mir in den Ohren. »Wer hat eine Knarre? Bree, sag's mir!«

Während ich sie anschreie, halte ich ihre Arme

fest. Ich merke erst nach einiger Zeit, dass ich sie schüttele – so heftig, dass ihr Kopf vor- und zurückrollt.

»Mein Gott, Mia!« Bree macht sich wütend los. Tränen laufen ihr über die Wangen. »Ich hab dir gerade gesagt, dass hier ein Amokläufer rumrennt! Hast du nicht mitgekriegt, was in anderen Schulen Schreckliches passiert ist? Ich muss hier raus!«

Sie schubst mich beiseite und stürzt davon. Vor Panik krieg ich kaum noch Luft, aber ich reiße mich zusammen und laufe ihr nach, denn ich brauche Antworten.

»Tut mir leid«, keuche ich, als ich sie eingeholt habe. Ich schaffe es nicht, über Jamie zu sprechen oder auch nur seinen Namen zu erwähnen, aber vor meinem inneren Auge sehe ich ihn zielstrebig auf das Nebengebäude zugehen. »Bree, es tut mir leid, bitte glaub mir. Aber ist das wirklich wahr? Das kann nicht sein!«

»Guck dich doch um!«, faucht Bree, ohne mich dabei anzusehen. Ihr Blick ist auf den Notausgang direkt vor uns geheftet. Die Türen stehen weit offen und ich kann beobachten, wie die Lehrer die panischen Schüler mit hektischen Gesten vom Hof zum Parkplatz scheuchen. »Reicht dir das nicht als Bestätigung?«

»Aber wer ist es?«, frage ich atemlos. »Ist es jemand, den … den wir kennen?«

Mein Verdacht kann unmöglich wahr sein.

Es gibt so viele Gründe, die dagegen sprechen.

Und doch …

»Mann, Mia!« Bree hat angefangen zu schluchzen und kämpft sich weiter auf den Ausgang zu. »Ich weiß doch auch nichts! Hier schwirren überall SMS und Anrufe herum, aber ich hab keine Ahnung, welche Infos stimmen. Eben hat jemand gesagt, er sei im Anbau. Angeblich trägt er eine Maske. Vielleicht ist es ein Schüler. Keiner weiß was Genaues.«

»Irgendjemand muss es wissen!«, schreie ich über den Lärm hinweg. Mein Gesicht ist nass, ich weine also auch.

Und dann kann ich nicht mehr weitersprechen. Ich habe solche Angst. Und gleichzeitig bin ich unglaublich wütend. Ich will wissen, was los ist, aber niemand sagt es mir. Ich bin so wütend, dass ich jemanden verprügeln könnte. Wenn Kat Randall jetzt vor mir stünde, würde ich zuschlagen. Aber leider ist sie nicht hier.

Sie ist im Nebengebäude.

Jamie auch?

Es ist völlig unmöglich, dass Jamie der Typ mit der Waffe ist. Aber andererseits erinnere ich mich an ein paar Vorfälle aus der Vergangenheit. Finstere und unheimliche Vorfälle, bei denen Jamie eine Rolle spielte.

Bree sagt auch nichts mehr. Sie wirft sich mit aller Kraft ins Gedränge, um sich mit der Masse durch den Notausgang zu zwängen.

Sie geht vermutlich davon aus, dass ich ihr folge – tue ich aber nicht. Stattdessen presse ich mich gegen die Wand, um nicht vom Strom der Leute mitgerissen zu werden. Langsam, aber sicher schiebe ich mich in die entgegengesetzte Richtung, weg vom Notausgang.

Keiner bemerkt mich, auch nicht die Lehrer. Der Flur ist gerammelt voll mit drängelnden, schubsenden, kreischenden Gestalten. Eine einzige Masse blinder Angst, und alle sind gleich, ob Schüler oder Lehrer. Niemand versucht, cool zu sein, wenn er dem Tod jeden Moment ins Auge sehen könnte.

Während ich mich an der Wand entlang weiterarbeite und an der offenen Tür unserer Klasse vorbeikomme, dreht sich alles in meinem Kopf, als wäre ich seekrank.

Ich habe es so satt!

Ich werde alle wachrütteln. Auch Mum.

Jetzt ist endgültig Schluss.

Was hat er damit gemeint? Ich muss unbedingt herausfinden, was hier vor sich geht. Mein Leben hängt davon ab – und vielleicht auch das Leben anderer.

Der Menschenstrom ist schier endlos, und mit einem Mal habe ich keine Kraft mehr, dagegen anzukämpfen. Als ich mit dem Rücken gegen den Türknauf der Abstellkammer stoße, taste ich hinter mich, drehe ihn und schaffe es, die Tür gerade weit genug aufzumachen, um hindurchzuschlüpfen.

Erleichtert ziehe ich die Tür hinter mir zu. Die hysterischen Schreie und das Getrampel dringen jetzt nur noch gedämpft zu mir durch. In dieser relativen Stille versuche ich, meine wirren Gedanken zu ordnen. Sicher hat jemand gesehen, wie ich weggeschlichen bin. Mit klopfendem Herzen warte ich, dass einer nach mir ruft und die Tür aufreißt, aber nichts geschieht.

Meine Beine zittern, als ich mir einen Weg zu dem winzigen Fenster bahne, um hinauszusehen.

Von hier oben habe ich einen guten Blick über den Schulhof und den Parkplatz. Ich entdecke meine Klassenkameraden mit Bree, die, offensichtlich im Schockzustand, alle dicht beieinanderbleiben. Sie weinen und schreien und selbst die arrogantesten Großmäuler unter den Jungs halten sich aneinander fest.

Jamie ist nicht unter ihnen.

Ich sehe nach links, zum Nebengebäude. Auch dort strömen immer noch Schüler aus den Seitentüren, wo die Lehrer stehen und sie zu einzelnen Sammelstellen auf dem Parkplatz lotsen. Ich strenge meine Augen an, blinzele in der grellen Wintersonne und suche verzweifelt nach Jamie.

Beim Nebengebäude ist er auch nicht. Es fehlen noch alle Schüler aus Kat Randalls Klasse, der 9 d, inklusive der Klassenlehrerin Mrs Lucas. Während ich dastehe und hoffe, dass sie doch noch auftauchen, höre ich die Sirenen der Polizeiwagen, die sich unserer Schule nähern.

Erschöpft lasse ich mich auf einen Stapel Bücher nieder – lauter *Macbeth*-Ausgaben. Ich habe keine Ahnung, warum ich nicht mit den anderen geflüchtet bin oder was ich jetzt tun soll. Ich weiß nicht, wo Jamie steckt und ob er wirklich der Typ mit der Knarre ist.

Allein der Gedanke ist doch völlig verrückt, sage ich mir. Er kann es nicht sein.

Aber wenn nicht, wieso bin ich dann noch hier? Warum laufe ich nicht mit Bree davon und bringe mich in Sicherheit?

Ich vergrabe das Gesicht in den Händen, als ich mir endlich die Wahrheit eingestehe: Ich bin noch hier, weil ich davon ausgehe, dass es Jamie ist. Was er heute Morgen gesagt, wie er mich angesehen hat, die Trauer in seinen Augen, die Anspannung in ihm – all das schreit förmlich danach, dass *er* der Amokläufer ist. Und nichts und niemand kann mich dazu bringen, meinen Zwillingsbruder jetzt allein zu lassen.

Ich weiß mit Übelkeit erregender Gewissheit, dass die 9 d noch im Nebengebäude ist – mit Jamie. Vielleicht kommen einige von den Kids dort nicht mehr lebend heraus. Das darf ich nicht zulassen, selbst wenn er wegen mir hinter Kat und ihrer Clique her sein sollte.

Aber ich weiß auch, dass es eigentlich gar nicht um mich und Kat geht, sondern vielmehr um Mum und unser gestörtes, unerträgliches Zusammenleben. So muss es sein, denn Jamie hat mir doch gesagt, dass etwas passieren würde. Dass er Mum um jeden Preis dazu zwingen würde, endlich zu begreifen, was sie uns mit ihrer Krankheit und ihrer bescheuerten Weigerung, sich helfen zu lassen, antut.

Das hier ist Jamies letzter verzweifelter Versuch, eine gleichgültige Welt wachzurütteln. Vielleicht ist das auch sein letztes Geschenk an mich, bevor er mich »verlässt«.

Eine noch schlimmere Vorstellung: Jamie ist nicht mehr er selbst und dreht völlig durch, ohne zu merken, was er anrichtet.

Ist es möglich, dass Jamie eine Waffe hat?

Ja, das ist sogar sehr gut möglich.

Ich weiß auch, woher.

DREI

Bevor wir zu Opa zogen, wohnten wir in einer sehr kleinen, engen Zweizimmerwohnung ganz oben in einem Hochhaus in Birmingham. Jamie und ich teilten uns das Schlafzimmer und Mum schlief im Wohnzimmer auf der Couch. Rückblickend erkenne ich, dass die Siedlung alle Klischees für einen sozialen Brennpunkt erfüllte: hässliche, trostlose Hochhäuser, drum herum viel Beton, Jugendliche in Kapuzensweatshirts, die in dunklen Ecken abhingen, hier und da ein ausgebranntes Auto. Die Fahrstühle funktionierten nie und rochen nach Pipi. Es konnte einem passieren, dass man um die Ecke bog und über eine Gestalt mit einer Tüte mit Klebstoff stolperte, die auf der Treppe zusammengebrochen war.

Da Jamie und ich noch klein waren, bekamen wir nicht viel davon mit. Wir blieben meistens in der Wohnung, denn Mum verabscheute das Viertel. Wahrscheinlich war es der Auslöser für ihre Depression.

Meistens legte sie sich ins Bett und blieb den ganzen Tag dort. Aus Tagen wurden Wochen, aus Wochen Monate. Jamie und ich machten uns etwas zu essen, wuschen uns und brachten uns selbst ins Bett – na ja, so in der Art. Ich kann mich nicht erinnern, dass ich damals je Angst gehabt habe. Damals waren Jamie und ich glücklich, wenn wir zusammen waren, und das waren wir dauernd.

An einem regnerischen Tag spielten Jamie und ich im tunnelartigen, feuchten Korridor der Wohnung unser Lieblingsspiel. Dazu düsten wir von einem Ende des Flurs zum anderen und sprangen über die Löcher im Teppich, in denen die Krokodile lauerten. Weil Mum schlief, versuchten wir, möglichst wenig Lärm zu machen, und wir mussten uns die Hand auf den Mund pressen, um unser Gekicher zu dämpfen.

Plötzlich klopfte es an der Tür. Mit weit aufgerissenen Augen sah ich Jamie an. Was sollten wir tun?

»Wer ist das?«, flüsterte ich. Wir bekamen nicht oft Besuch. Und wenn jemand kam, wollte er meistens Geld.

»Ich weiß nicht«, flüsterte Jamie zurück.

Und so standen wir dort und starrten die Tür an. Jamie steckte den Daumen in den Mund, wie er es immer tat, wenn er sich Sorgen machte.

»Sollen wir Mum aufwecken?«, fragte ich.

»Wieso denn? Sie macht doch sowieso nichts.«

Obwohl wir noch klein waren, war uns schon bewusst, dass Mum krank war.

»Aber es könnte der Krokodilkönig sein«, wandte ich ernst ein. »Komm, wir laufen leise weg, bevor er uns frisst.«

Wir wollten gerade auf Zehenspitzen ins Kinderzimmer zurückschleichen, als die ramponierte Klappe des Briefschlitzes aufging und ein paar freundliche blaue Augen hereinblickten. Diese Augen kannten wir.

Jauchzend hüpfte ich zur Tür zurück. »Opa! Jamie, Opa ist da!«

Opa wohnte nur ein paar Kilometer von uns entfernt, aber er kam uns erst seit zwei Monaten hin und wieder besuchen. Nach einem heftigen Streit hatten er und Mum jahrelang kein Wort miteinander gesprochen. Ich weiß nicht genau, was damals vorgefallen ist, aber ich glaube, Mum hatte ihm und Oma Geld gestohlen. Oma war inzwischen an einem Herzanfall gestorben und Opa lebte allein.

»Hallo, mein Schatz«, sagte er durch den Briefschlitz. Er war ein sehr großer Mann, der sich immer noch so aufrecht hielt wie zu seiner Zeit beim Militär, und unser Briefschlitz war recht niedrig angebracht, sodass er sich entweder stark bücken oder davor knien musste. »Wie geht's euch?«

»Sehr gut, vielen Dank«, sagte ich artig. »Jamie hat sich gestern den Kopf an der Tür gestoßen, aber jetzt geht's ihm wieder gut.«

»Da bin ich aber froh«, antwortete Opa und lächelte Jamie an, der zu mir gerannt war. »Hallo, Jamie. Sagt mal, wo ist denn eure Mama?«

»Im Bett«, sagten Jamie und ich wie aus einem Munde.

Durch den Briefschlitz konnte ich sehen, dass Opa die Stirn runzelte.

»Im Bett?«, wiederholte er. »Aber ich dachte, ihr hättet längst alles gepackt und wärt startklar.«

Jamie und ich waren zu verblüfft, um etwas zu erwidern. Stumm sahen wir ihn an.

»Ihr zieht doch heute zu mir, wusstet ihr das denn nicht?«, fuhr Opa fort. »Hat eure Mama euch nichts gesagt?«

Wir waren noch nie bei Opa gewesen. Er hatte uns schon öfter eingeladen, aber Mum hatte sich bisher nicht dazu aufraffen können, mit uns hinzugehen. Ich nehme an, ich habe schon damals begriffen, dass Opas Haus nicht schlimmer sein konnte als unsere Wohnung. Und die Sache hatte einen gigantischen Vorteil: Opa würde bei uns sein.

Ich kann mich noch gut erinnern, wie grau und trist es an diesem Tag sowohl draußen als auch bei uns in der Wohnung war, doch mit einem Mal war ich voller Freude und Hoffnung. Und Jamies Miene spiegelte meine Gefühle.

»Oh, danke, Opa!«, brachte er atemlos hervor. Er tanzte durch den Flur, ohne sich um die Krokodillöcher zu kümmern, und sang: »*Wir ziehen zu unserm Opa.*«

Ich weiß nicht, was Opa an diesem Tag zu Mum sagte. Aber er schaffte es, dass sie innerhalb kürzester Zeit wach und angezogen war. Vor dem Hochhaus warteten ein Lastwagen und zwei Möbelpacker, und eine Stunde später war alles verstaut und verladen.

Opa wohnte in einem ruhigen, grünen Vorort am Rande der Stadt. Für Jamie und mich war das riesige Haus einfach fantastisch, voller Geheimnisse und Wunder, ein Sesam-öffne-dich, eine Schatzkiste gefüllt mit schönen und scheußlichen, nützlichen und nutzlosen Dingen. Opa hatte einen großen Teil seines Lebens in der Armee verbracht und war mit Oma um die ganze Welt gereist. Als begeisterte Sammler hatten sie von allen Orten etwas mitgebracht. Jedes Zimmer, jedes Regal, jeder Schrank und jede Schublade war vollgestopft mit Souvenirs. Hier entdeckten wir einen großen, aus Holz geschnitzten Vogel, der auf einem dürren Beinchen stand, dort eine Kiste mit schillernden Porzellantassen und den passenden Untertellern, die auf blauem Samt gebettet waren. Staubige Bücher und Zeitschriften waren zu Türmen gestapelt, und aus den dunklen Ecken starrten uns ausgestopfte Tiere mit ihren reglosen Glasaugen an.

Ich bekam mein eigenes Zimmer. Es war riesengroß und proppenvoll mit Antiquitäten von allen Kontinenten dieser Erde. Selbst meine Tagesdecke war eine orientalische Kostbarkeit aus türkisfarbener Seide mit aufgestickten Kirschblüten und goldenen Schmetterlingen. Sie war so anders als meine alte karierte Tagesdecke, die ein bisschen nach Hund roch und die Mum auf dem Flohmarkt für zehn Pence erstanden hatte.

Jamie und ich konnten unser Glück kaum fassen. Jeden Tag durchstreiften wir das Haus und entdeckten immer wieder neue Schätze. Unsere Lieblingsstücke wechselten von Stunde zu Stunde, weil wir ständig etwas anderes fanden, was unsere Neugier fesselte.

Eines Tages – ungefähr drei Wochen nach unserem Einzug bei Opa – spielten Jamie und ich auf dem Dachboden. Das durften wir eigentlich nicht, denn Opa und Mum hatten es uns beide verboten. Ich glaube, Opa hatte den Überblick längst verloren, was er dort oben alles aufbewahrte, und machte sich Sorgen, dass wir etwas finden könnten, was nicht in Kinderhände gehörte.

Und genau das machte natürlich den Reiz aus.

Normalerweise hielten wir uns immer an Opas Verbote, aber er war ausgegangen, und Mum wusch sich gerade die Haare, und irgendwie stachelten wir uns so lange gegenseitig auf, bis wir die Leiter hinaufstiegen und uns in den großen, düsteren Raum unter dem Dach wagten.

Dort standen überall Kisten und Kästen und Koffer und Truhen, so verlockend wie vergrabene Schätze. Wie eine Elster wurde ich von einem offenen Schmuckkästchen angezogen, in dem funkelnde Strasssteine so dekorativ verstreut lagen, als habe jemand sie für ein Foto arrangiert. Während ich mir viel zu große Armreife über meine schmalen Handgelenke schob, wühlte Jamie neben mir in einer Blechkiste.

»Mia! Guck mal, was ich gefunden habe!«

Fröhlich summend versuchte ich gerade, den Verschluss einer Perlenkette in meinem Nacken zu schließen. Ich wandte mich zu Jamie um, und die Perlen glitten mir aus den Fingern, als ich mir bewusst wurde, dass er eine Waffe auf mich richtete.

»Ist die echt?«, fragte ich ehrfürchtig. Ich kann mich nicht erinnern, Angst gehabt zu haben, wohl aber daran, dass ich den hellgrauen Revolver mit den silbernen Einlegearbeiten schön fand.

»Ich weiß nicht.« Jamie hielt die Waffe mit beiden Händen und zielte immer noch auf mich. Er wollte den

Abzug drücken, aber es ging nicht. »Peng, peng, du bist tot!«

Ich sank anmutig neben die Blechkiste und presste mir die Hand aufs Herz. Jamie brüllte vor Lachen.

»Lass mich auch mal«, sagte ich.

Jamie ignorierte mich. Er betrachtete den Abzug genauer. »Kaputt«, stellte er enttäuscht fest. »Es geht nicht.«

»Jamie! Ich will auch mal sehen!«, verlangte ich und schnappte mir die Waffe.

Sie fühlte sich kühl und glatt an. Das Gewicht und die Form waren meinen kleinen Händen völlig fremd und deshalb sehr faszinierend.

Ich richtete die Pistole auf Jamie und versuchte wie er, den Abzug zu drücken, aber er bewegte sich nicht. »Peng! Peng! Jetzt bist *du* tot!«

»Urgh!« Jamie gab einen gurgelnden Laut von sich und taumelte übertrieben durch den Raum. Dabei hielt er sich die Seite. »Du hast mich getroffen.«

Schritte vor der Tür. Jamie und ich fuhren herum, das Schuldbewusstsein war uns deutlich ins Gesicht geschrieben.

In ihrem alten Morgenmantel und mit einem roten Handtuch ums Haar gewickelt erschien Mum im Türrahmen. Sie sah mich mit der Waffe, und ihr Schrei war so schrill, dass uns fast das Dach auf den Kopf krachte.

»Mein Gott, Mia, was machst du da?«

Mum rannte durch den Speicher, stolperte dabei fast über den Saum ihres Morgenmantels und riss mir die Pistole aus der Hand. Sie hielt das Ding am Zeigefinger baumelnd vorsichtig von uns und von sich selbst weg, als fürchtete sie, dass es gleich von allein losgehen würde.

»Wo hast du die her?«, fauchte Mum. »Mia, Pistolen sind sehr gefährlich. Du hättest dich damit umbringen können! Du bist ein sehr, sehr unartiges Mädchen, und ich werde Opa sagen, was du getan hast. Er wird sehr böse auf dich sein!«

Tränen brannten mir in den Augen. Opa sollte nicht erfahren, dass ich ihm nicht gehorcht hatte!

»Jamie hat sie gefunden«, sagte ich und zeigte anklagend auf meinen Bruder. »Er hat damit angefangen.«

»Petze!«, murrte Jamie.

Mum, die die Pistole immer noch auf Armeslänge von sich hielt, sah ihn wütend an.

»Dann warst du auch sehr unartig, Jamie. Und jetzt raus hier und runter in den ersten Stock, damit ich euch im Auge behalten kann.«

Ich weiß nicht, was mit der Pistole geschah. Ich weiß nicht einmal, ob Mum es Opa tatsächlich erzählte, denn obwohl ich voller Angst darauf wartete, von ihm ausgeschimpft zu werden, erwähnte er den Vorfall nie. Vielleicht behielt Mum die Waffe aus irgendeinem Grund bei sich. Oder vielleicht hat sie sie versteckt und dann einfach vergessen. Ich habe keine Ahnung.

Aber jetzt erinnere ich mich wieder, dass Jamie die Waffe im vergangenen Jahr noch einmal erwähnt hat. Kurz nach Opas Tod. Mum wollte das alte Zeug vom Dachboden auf dem Flohmarkt verkaufen. Während wir darin herumwühlten, fragte Jamie wie beiläufig: »Weißt du noch, wie ich die Pistole gefunden habe?«

»Ja«, antwortete ich. »Mum ist ausgerastet.«

»Ich glaube nicht, dass die Waffe kaputt war.« Er stapelte gerade ledergebundene Bücher in einen Karton und hatte sein Gesicht abgewandt. »Ich glaube, dass der Abzug geklemmt hat und wir bloß zu klein waren, um ihn richtig zu drücken. Das Ding war geladen, Mia. War dir das bewusst?«

Ich schüttelte den Kopf. Damals dachte ich mir nichts weiter dabei. Jetzt aber fällt mir diese Bemerkung wieder ein und lässt mich nicht mehr los.

Bedeutet das, dass Jamie die Waffe wiedergefunden und den Abzug ausprobiert hat?

VIER

Montag, 10. März, 9.04 Uhr

Fröstelnd hocke ich auf meinem *Macbeth*-Stapel und frage mich, was zum Teufel ich hier mache.

Es ist still. Der Lärm ist nicht langsam verklungen, sondern hat schlagartig aufgehört, als hätte jemand einen Schalter umgelegt. Anscheinend haben alle das Gebäude verlassen, zumindest hier im Haupttrakt, und ich bin allein.

»Es ist noch nicht zu spät«, sage ich laut. »Ich kann immer noch gehen.«

Mühsam stehe ich auf und fühle mich dabei wie eine kraftlose alte Frau. Ich mache einen kleinen Schritt Richtung Tür und erstarre, als ich jemanden den Flur entlangrennen höre. Die Schritte hallen im leeren Gebäude wider.

Ein Lehrer, der nachsehen will, ob alle draußen sind?

Der Amokläufer?

Jamie?

Sind beide ein und dieselbe Person?

Was willst du jetzt machen?

Häng hier nicht einfach rum!

Entscheide dich!

Entscheidungen zu treffen, war noch nie meine Stärke.

Dennoch quetsche ich mich hinter ein Regal, in dem Arbeitstexte für Englische Literatur liegen. Mein Rücken drückt gegen die Wand und mein Gesicht gegen die staubigen Ausgaben von *Wer die Nachtigall stört*.

Dann geht die Tür zur Abstellkammer auf, und ich erschrecke derart, dass ich mir fast in die Hose mache.

Ich rege mich nicht und gebe keinen Laut von mir. Durch die Regale kann ich meine Klassenlehrerin Ms Powell sehen, die in der Tür steht.

Ich kann immer noch gehen, sage ich mir. Ich muss nur hinter dem Regal hervorkommen. Ms Powell wird mich nach draußen bringen, und dann bin ich in Sicherheit.

Tu es.

Tu's jetzt!

Ich bewege mich nicht. Ich bin so reglos und still wie einer, der im Grab liegt.

Ms Powell ist afroamerikanischer Herkunft und

hat dunkle Haut, aber nun wirkt ihr Gesicht grau vor Angst. Sie blickt sich hastig in der Kammer um, dann wendet sie sich ab und läuft davon, ohne die Tür wieder zu schließen.

Meine Knie geben nach. Ich taumele aus meinem Versteck, und mir wird schlecht. Ich übergebe mich über einen *Hamlet*-Stapel. Macht nichts. Das Stück mochte ich ohnehin nie. Fast alle Figuren sind Irre oder Mörder.

Ich lehne mich gegen die Wand, wische mir den Mund ab und versuche nachzudenken. Ich habe mich entschieden hierzubleiben, aber keinen blassen Schimmer, was ich als Nächstes tun soll.

Konzentrier dich, Mia.

Es kostet mich enorme Willenskraft, mir einzugestehen, dass ich diese Entscheidung längst getroffen habe.

»Ich muss Jamie finden«, murmele ich. »Das ist es, was ich tun muss.«

Als ich mit wackeligen Knien auf die Tür zuwanke, kommt mir zum ersten Mal in den Sinn, dass ich mich in großer Gefahr befinde, wenn Jamie und der Amokläufer *nicht* identisch sind. Aber daran darf ich gar nicht erst zweifeln. Schließlich habe ich mich freiwillig in diese Lage gebracht. Doch was ist, wenn nicht …?

Ich schiebe den Gedanken an mögliche Gefahren

beiseite. Ich bin mir *fast* sicher, dass es Jamie ist. Aber den Gedanken an Mum lasse ich zu und muss tief Luft holen.

Ich verlasse die Kammer und betrete den düsteren Flur, der wie ausgestorben daliegt. Auf der Seite des Gebäudes, die zum Schultor, zum Hof und zum Parkplatz geht, sind alle Rollos herabgezogen worden, um die niedrig stehende Wintersonne auszusperren. Im Stillen schicke ich dafür ein Dankesgebet zum Himmel. Niemand kann mich von draußen sehen.

Im Gebäude herrscht eine geisterhafte Stimmung. Alle Klassentüren stehen offen, und als ich mit zitternden Beinen an den Räumen vorbeigehe, sehe ich umgestürzte Stühle und aufgeschlagene Bücher auf dem Boden, unvollendete Sätze an den Tafeln und zahllose andere Hinweise darauf, dass die Schule überstürzt geräumt wurde. Ab und zu klingelt ein Handy in einem der Spinde, und ich fahre vor Schreck zusammen. Die ganze Zeit über lausche ich angestrengt auf Pistolenschüsse, aber ich höre nichts.

Wohin gehe ich eigentlich? Wie ferngesteuert stolpere ich die Treppe hinunter.

Ich weiß es nicht. Als ich Jamie das letzte Mal gesehen habe, lief er schnurstracks Richtung Nebengebäude. Das liegt genau auf der anderen Seite des Grundstücks. Als ich unten angelangt bin, befinde ich mich im Erdgeschoss des lang gestreckten Verbindungsbaus, der an den linken Flügel der Schule anschließt. Bis zum Nebengebäude auf der rechten Seite ist es noch ein langer Weg.

Aber vielleicht ist Jamie gar nicht im Nebengebäude. Vielleicht war er zuerst dort und ist dann woanders hingegangen. Er und Opas Pistole – und die Geiseln – sind vielleicht längst in einem anderen Teil der Schule.

Ich weiß einfach nicht, was ich tun soll. Soll ich systematisch die Schule durchsuchen oder sofort im Anbau nachsehen? Ich zermartere mir den Kopf, denn bei dieser Entscheidung geht es buchstäblich um Leben und Tod. Als ich an der Tür zur Bücherei vorbeigehe, vernehme ich Stimmen in der unheimlichen Stille. Sie dringen aus dem Flur vor mir.

»Oh Gott!«, hauche ich, als meine Knie erneut nachzugeben drohen.

Einerseits bin ich froh, dass vielleicht ein Lehrer – Ms Powell oder jemand anders – nach mir sucht. Andererseits fürchte ich mich, dass es Jamie mit der Pistole sein könnte.

Jamie würde mir nichts antun, dessen bin ich mir sicher.

Aber würde er anderen etwas antun?

Wenn ich wirklich annehme, dass er an den Vorfällen von damals beteiligt war, kann es auf diese Frage bloß eine Antwort geben.

Ich höre keine Schritte, nur Stimmen, und ich strenge mich an, um etwas zu verstehen. Es dauert einen Augenblick, bis ich begreife, dass sie irgendwie komisch klingen.

Lautlos, denn ich könnte mich irren, bewege ich mich über den Flur in Richtung Lehrerzimmer, das nur ein paar Türen weiter liegt.

Ich trete ganz vorsichtig ein; vielleicht ist ja doch jemand da. Aber wie ich vermutet habe, läuft bloß der Fernseher, der in der allgemeinen Panik nicht ausgeschaltet wurde. Zwei Frauen diskutieren wie wild über die neusten Ereignisse in der *EastEnders*-Soap.

Ich bin enttäuscht.

Ich bin erleichtert.

Ich weiß nicht, was ich empfinde.

Ich drehe mich um, weil ich mich in diesem Raum plötzlich unwohl fühle. Schließlich haben Schüler hier nichts zu suchen. Idiotisch! Als würde sich ausgerechnet heute ein Lehrer darüber aufregen. Das ist eben typisch Mia. Mein Zwillingsbruder läuft vielleicht mit einer Pistole durch die Schule, und ich habe ein schlechtes Gewissen, weil ich gegen eine Regel verstoße …

»Wir unterbrechen das Programm für eine wichtige Mitteilung. Wie wir aus noch unbestätigten Quellen

erfahren haben, ist ein Amokläufer in eine Schule in Birmingham eingedrungen. Die Gebäude wurden evakuiert und die Polizei ist bereits am Tatort.«

Wieder verspüre ich einen Brechreiz. Als ich mich dem Bildschirm zuwende, begegnet mein Blick dem der Nachrichtensprecherin, die blond und schön genug ist, um als Hollywoodschauspielerin durchzugehen.

»Unseren Informationen zufolge wird seit der Notraumung eine neunte Klasse vermisst. Es besteht die Vermutung, dass die Schüler im Nebengebäude eingeschlossen sind und vom Amokläufer als Geiseln gehalten werden.

Ein bewaffnetes Sondereinsatzkommando und speziell für diesen Notfall ausgebildete Psychologen sind auf dem Weg zur Schule. Wir melden uns, sobald wir Neues erfahren.«

Meine Gedanken überschlagen sich, als das Bild wechselt und wieder die wild diskutierenden Frauen zu sehen sind. Doch dann schiebt sich ein Gedanke vor alle anderen: Ich muss zum Nebengebäude!

Reines Adrenalin schießt mir durch die Adern. Irgendwie muss ich zum Anbau gelangen, zu Jamie. Ich kann es schaffen. Ich *muss* es schaffen. Auch wenn wir in den letzten Jahren Schwierigkeiten miteinander hatten, ist Jamie immer noch mein Bruder, den ich über alles liebe. Ich kann nicht zulassen, dass er für mich so etwas Schreckliches macht. Ich will nicht, dass jemand in meinem Namen verletzt wird – oder noch Schlimmeres.

Ich ziehe meinen Pullover aus und knote ihn mir um die Taille. Dann zerre ich die Krawatte herunter. Ich will sie gerade fallen lassen, als mir der Gedanke kommt, dass sie mir noch nützen könnte. Also lege ich sie mir wie einen Gürtel um. Dann krempele ich die Ärmel hoch, fische ein Haargummi aus meiner Tasche und binde mir die Haare zurück.

Ich bin bereit.

Seit Monaten habe ich mich nicht mehr so lebendig gefühlt. Vielleicht seit Jahren.

Ich rase durch die Tür, den Gang hinunter und um die Ecke.

Wo ich mit voller Wucht gegen Ms Kennedy stoße.

FÜNF

Ich habe keine Ahnung, wann mir bewusst wurde, dass Jamie anders ist. Ich weiß, dass ich lange brauchte, bis ich es bemerkte, denn wir waren uns ja in vielem so ähnlich. Als Babys lagen wir zusammen im Kinderwagen und teilten uns eine Decke. Wir lernten gleichzeitig laufen und sprechen. Wir wussten meist schon vorher, was der andere sagen wollte, und konnten oft die Gedanken des anderen lesen.

Im Laufe der Jahre begriff ich allmählich, dass Jamie doch nicht so war wie ich, und diese Erkenntnis machte mir Angst. In ihm steckte etwas Wildes, was mir vollkommen fehlte.

Jamies Lieblingssatz war: »Das traust du dich nie!«, und wenn ich ihm dann eine noch schwierigere Aufgabe stellte, ging er stets weiter, als ich es gewollt hatte, und brachte sich in extreme, gefährliche Situationen.

Einmal wettete Jamie, dass ich mich nicht trauen

würde, das Fenster meines Zimmers im zweiten Stock aufzumachen und mich hinauszulehnen. Für mich als Sechsjährige klang das sehr beängstigend, daher hielt ich dagegen, dass er sich niemals trauen würde, sich auf den Fenstersims zu stellen. Schon im nächsten Moment hätte ich mir am liebsten die Zunge abgebissen, denn Jamie rannte sofort zum Fenster und riss es auf.

»Schau mal, Mia!«, rief er.

Er kletterte auf den schmalen Sims und richtete sich auf. Seine Haare wehten im Wind, als er sich ein wenig vorbeugte und dann über die Schulter blickte, um mich anzugrinsen. Ich war außer mir!

»Komm da runter, Jamie!«, schrie ich und schlug mir die Hände vor die Augen. »Komm sofort runter! Sonst ruf ich Opa!«

Als ich meine Hände sinken ließ, war von Jamie nichts mehr zu sehen.

Minutenlang stand ich wie gelähmt da. Ich wollte schreien, brachte aber nur ein geflüstertes »Jamie« hervor. Mit hämmerndem Herzen trat ich ans Fenster und erwartete, unten einen zerschmetterten Körper zu sehen, um den sich eine Menschenmenge sammelte.

Aber unten lag niemand, und die Passanten gingen vorüber, als wäre nichts geschehen. Dann spürte ich plötzlich, dass jemand hinter mir stand, und diesmal schrie ich. Es war Jamie. Seine schwarzen Augen funkelten triumphierend. Er hatte sich auf dem schmalen Sims an der Mauer entlang bis zum nächsten Zimmer geschoben, war dort durch das offene Fenster wieder eingestiegen und zu mir zurückgerannt, um mich zu erschrecken.

Es gab noch andere Vorfälle dieser Art, zu viele, um sie zu zählen. Als ich ihm Jahre später vorwarf, welche Angst ich damals gehabt hatte, lachte er nur.

»Ich fühle mich einfach lebendig, wenn ich was Gefährliches mache«, sagte er mir. »Das gibt mir einen Kick, einen Adrenalinschub. Du solltest es auch mal probieren.«

Aber Jamie ist nicht nur sich selbst gegenüber rücksichtslos. Ich glaube, dass er auch anderen Schaden zugefügt hat. Ich habe keine Beweise dafür und ihn nie darauf angesprochen. Es ist so viel einfacher, den Mund zu halten.

Michael Riley war vermutlich der Erste. Ich sage *vermutlich*, weil ich mir nicht sicher sein kann.

Ein paar Monate nachdem wir bei Opa eingezogen waren, kamen Jamie und ich in den Kindergarten. Das war Opas Idee gewesen, und es hatte eine Menge Überzeugungsarbeit gebraucht, bis Mum einverstanden war. Aber schließlich zogen wir an zwei Tagen in der Woche morgens los, um drei Stunden lang zu malen,

Knete zu formen und mit Sand und Wasser herumzumatschen. Opa hoffte sicherlich, dass wir uns etwas voneinander lösen und selbstständiger würden, wenn wir mit anderen Kindern spielten.

Aber es funktionierte nicht. Ich fand das Spielzeug und die Aktivitäten toll, aber ich misstraute den selbstbewussten, aufgeschlossenen Mädchen mit den Barbie-Rucksäcken und dem Haarschmuck, der farblich zur Kleidung passte, und ihren gut gelaunten Müttern, die sich unbekümmert miteinander unterhielten und ganz anders waren als unsere Mum. Ich blieb lieber für mich und spielte höchstens mit Jamie.

Jamie dagegen ließ sich im Kindergarten durch nichts und niemanden einschüchtern, obwohl auch er nur mit mir spielen wollte.

Die Jungs ignorierten mich, außer dem rothaarigen Michael Riley. Bis heute habe ich keinen Schimmer, wieso er mich nicht leiden konnte, und das gleich von Anfang an. Es begann damit, dass er eine Tasse Wasser über meine Schuhe kippte. Er schüttete Sand in meinen Orangensaft und steckte mir eine Schnecke in die Jackentasche. Aus einem unerfindlichen Grund schien er es sich zur Aufgabe gemacht zu haben, mich auf jede erdenkliche Weise zu ärgern und zu quälen. Ich hasste ihn, und Jamie hasste ihn um meinetwillen sogar noch mehr.

»Na? Was willst du denn heute machen?«, fragte Lisa mich, als wir das vierte Mal da waren. Lisa war eine der Erzieherinnen, blond, angenehm rundlich, eine ruhige Frau, die eine sanfte, freundliche Stimme hatte. »Ein paar Kinder möchten Papierblumen basteln. Hast du auch Lust?«

Ich blickte zu dem Tisch mit dem bunten Krepppapier und den Leimtöpfen. Michael Riley stand in der Nähe und fuchtelte mit einem Pinsel in der Luft herum, als sei er ein Schwert. Als er mich sah, streckte er die Zunge heraus und schielte.

»Nein, lieber nicht«, sagte ich. »Jamie und ich möchten ins Spielhaus. Stimmt's, Jamie?«

»Ja, bitte, Lisa!« Jamie lächelte sie breit an, während er meine Hand nahm und sie drückte.

Lisa seufzte leise, aber sie war zu lieb, um darauf zu bestehen, dass wir mitmachten. »Okay, dann ab mit euch«, sagte sie.

Jamie und ich hüpften Hand in Hand davon.

Im Inneren des rot-gelben Häuschens beschäftigte sich Jamie mit der Bügelwäsche, während ich mich an den Plastikherd stellte und unser Essen zubereitete.

Plötzlich schoss eine Hand durch den Spalt zwischen den karierten Vorhängen. Jemand packte meinen Pferdeschwanz und zog so fest daran, dass ich laut aufschrie. Als ich durchs Fenster sah, erhaschte ich einen Blick auf das grinsende Gesicht von Michael Riley, der gerade davonrannte. Ich brach vor Schock und Schmerz in Tränen aus.

Jamie ließ das Bügeleisen fallen und kam sofort zu mir. »Nicht weinen, Mia«, tröstete er mich und nahm mich in den Arm.

»Ich hasse Michael«, schluchzte ich. »Und jetzt habe ich auch noch die Würstchen anbrennen lassen.«

»Macht nichts.« Jamie tätschelte meine Schulter. »Ich hol eine Pizza. Du kannst schon mal den Tisch decken.«

Allein im Spielhaus, wischte ich mir die Tränen am Tischtuch ab und deckte den Tisch mit Tellern, Tassen und Besteck aus Plastik. Das tat ich zu Hause immer gemeinsam mit Opa, und es war wie ein Ritual, das mich beruhigte. Ich begann, leise vor mich hin zu singen.

Mit einem Mal hörte ich einen entsetzlichen Schrei. Und dann sah ich Michael vor dem Spielhaus liegen. Völlig regungslos. Ein Arm lag in einem widernatürlichen Winkel unter seinem Körper.

Lisa und Beth, die zweite Erzieherin, waren gleich bei ihm. Die anderen Kinder umringten sie neugierig, nur ich blieb, wo ich war. Das geschieht ihm recht, wenn er so gemein zu mir ist, dachte ich damals. Mir fiel gar nicht auf, dass Jamie nirgends zu sehen war.

Michael Riley war bewusstlos, als der Notarztwagen kam und die Sanitäter ihn vorsichtig auf die Trage hoben. Später sagte man uns, dass sein Arm an zwei Stellen gebrochen wäre, es ihm aber sonst gut ginge. Offensichtlich hatte ihn jemand von hinten fest geschubst, deshalb hatte er seinen Angreifer auch nicht sehen können. Lisa, Beth und Mrs Ransome, die Leiterin des Kindergartens, fragten jeden Einzelnen von uns, ob wir etwas mitbekommen hätten. Wir antworteten alle mit Nein, und es kam mir nicht in den Sinn, dass Jamie womöglich nicht die Wahrheit sagte.

Mrs Riley war sehr wütend über den Vorfall. Sie versuchte, die Einrichtung zu verklagen, hatte aber keinen Erfolg. Jedenfalls kam Michael nicht wieder, und ich musste mich nie mehr von ihm ärgern lassen.

Ich habe Jamie nie gefragt, ob er es war, der Michael geschubst hat. Damals kam ich ja nicht einmal darauf, und als ich älter wurde und mir so meine Gedanken machte, wagte ich es nicht.

Es könnte ja auch viel harmloser gewesen sein. Vielleicht hatten Jamie und Michael miteinander gekämpft, und Michael war ausgerutscht. Vielleicht wollte Michael seiner Mutter nichts von dem Kampf sagen und tischte ihr deshalb die Sache mit dem Schubsen auf.

Es gab allerdings keinen Grund, warum Jamie es mir hätte verschweigen sollen.

Jamie erwähnte Michael nie wieder.

Es klingt vielleicht weit hergeholt, den damaligen Vorfall mit dem in Verbindung zu bringen, was gerade an dieser Schule passiert. Aber Michael Riley war ja nur der Anfang.

SECHS

Montag, 10. März, 9.15 Uhr

All die Energie, die Entschlossenheit und der Mut, die mich dazu gebracht haben, aus dem Lehrerzimmer zu stürmen, sind entwichen, als hätte man mich gepackt und wie einen Waschlappen ausgewrungen. Ich stehe wie angewurzelt da, kann mich nicht regen und starre Ms Kennedy mit offenem Mund an, als hätte ich sie noch nie gesehen.

Ms Kennedy wirkt genauso schockiert. Unwillkürlich legt sie die Hände ans Gesicht, ihre Kinnlade fällt herab und sie reißt die Augen auf. Sie erinnert mich an das Gemälde von Munch. *Der Schrei*.

Trotzdem fasst sie sich als Erste.

»Mia! *Mia!* Was in Gottes Namen machst du hier? Wieso bist du nicht draußen bei den anderen?«

Ms Kennedy ist noch blonder und schöner als die Nachrichtensprecherin. Ich vergöttere sie, seit sie in der Siebten unsere Klassenlehrerin war. Jetzt unterrichtet sie uns nur noch in Englisch, und ich liebe ihre lustigen und interessanten Stunden. Ms Kennedy ist nicht bloß umwerfend schön und immer toll angezogen, sie ist auch klug und witzig und schreibt Gedichte, die in Hochglanzmagazinen veröffentlicht werden. Ich beneide sie. Ich wäre so gerne wie sie.

»Weiß nicht«, antworte ich lahm, während ich versuche, mir etwas einfallen zu lassen. Ich war mir so sicher gewesen, dass dieser Teil der Schule inzwischen leer sein würde. Doch dann wird mir mit Schrecken klar, dass höchstens zehn Minuten vergangen sind, seit Ms Powell in der Abstellkammer nachgesehen hat, in der ich mich versteckt hielt. Bei dieser Achterbahnfahrt der Gefühle kam mir jeder einzelne Moment wie eine Ewigkeit vor.

Ms Kennedy fragt nicht weiter nach. »Du kommst jetzt mit mir, Mia.« Sie packt meinen Arm und zieht mich in Richtung Ausgang. »Wir müssen sofort hier raus. Ich war selbst gerade auf dem Weg nach draußen, aber dann mussten wir noch ein paar idiotische Zehntklässler einsammeln, die sich wieder ins Gebäude geschlichen hatten, um ihre Handys aus den Spinden zu holen!« Ms Kennedy schüttelt verständnislos den Kopf. »Jetzt müssten eigentlich alle in Sicherheit sein.«

Brav wie ein Lamm lasse ich mich von ihr zurück durch den Flur scheuchen, vorbei am Lehrerzimmer und an der Bücherei, und entferne mich dabei immer weiter vom Nebengebäude. Ich bin so daran gewöhnt zu tun, was die Lehrer wollen, dass ich automatisch gehorche.

Vielleicht hat das ja auch sein Gutes, denke ich. Vielleicht kann ich Jamie von draußen besser helfen.

»Ist das wahr?«, frage ich in der Hoffnung, endlich die ersehnten Antworten zu bekommen. »Ist wirklich ein Amokläufer im Anbau? Wer ist es?«

»Das weiß ich nicht, Mia.« Ms Kennedy beschleunigt ihre Schritte, sodass wir jetzt zusammen den Gang entlangrennen, atemlos um die nächste Ecke biegen. »Keiner weiß es. Lass uns von hier verschwinden, okay? Dann können wir herausfinden, was hier vor sich geht.«

»Aber wieso weiß niemand etwas?«, frage ich aufgebracht.

Fast platze ich damit heraus, was ich über den Amokläufer und Jamie denke, doch ich kann mich gerade noch zusammenreißen. Ms Kennedy scheint wirklich nichts zu wissen, und ich will die Leute nicht auf falsche Ideen bringen, falls der mysteriöse Attentäter doch nicht mein Bruder ist. Das ist immer noch möglich.

Und wer weiß, was alles passieren könnte, wenn ich Jamie wild beschuldige und sich später herausstellt, dass ich mich geirrt habe? Dann würden die Dinge sehr kompliziert und unangenehm werden.

Ich lasse nicht zu, dass irgendjemand unsere kleine Familie auseinanderreißt, so traurig und gestört sie auch sein mag. Und ich werde auch nicht zulassen, dass Jamie unser Leben zerstört.

Ms Kennedy antwortet nicht. Sie ist genauso fixiert auf den Notausgang vor uns, wie Bree es vorhin war.

»Woher kommt das Gerücht, wenn niemand den Amokläufer gesehen hat?«, fahre ich fort, während wir durch den endlos langen Flur rennen und auf die Doppeltür zustreben. »Wer hat den Alarm ausgelöst? Und wieso?«

Ms Kennedy gibt einen Laut von sich, der halb wie ein Stöhnen und halb wie ein Schrei klingt. »Herrgott noch mal, Mia, halt den Mund!«

Das schockt mich. Ich bleibe abrupt stehen und entwinde mich ihrem Griff. Ich habe Ms Kennedy noch nie brüllen gehört, nicht einmal vor der Klasse.

Meine Lehrerin wirbelt herum. Sie ist weiß wie ein Gespenst und ringt nach Luft. Da wird mir klar, dass sie in Panik ist. Und zum ersten Mal in meinem Leben habe ich die Oberhand, weil ich es *nicht* bin.

»Mia, was soll das? Komm schon, du dummes Mädchen!« Sie stürzt sich auf mich, um mich wieder am Arm zu packen.

Aber ich mache einen Satz nach hinten, weiche vor ihr zurück.

Mit einem Mal wird mir bewusst, welche Rolle Ms Kennedy bei allem spielt. Sie trägt definitiv einen Teil der Schuld. Schließlich hat *sie* mich überredet, bei dem Schreibwettbewerb mitzumachen. Okay, das war nicht allzu schwer, schließlich bin ich sofort darauf angesprungen. Es war ein landesweiter Wettbewerb, und ich habe ihn gewonnen.

Den ersten Preis. Büchergutscheine im Wert von zweihundertfünfzig Pfund für die Schule und hundert Pfund für mich selbst.

Vergangene Woche hat unser Direktor, Mr Whitman, den Siegeraufsatz vor der versammelten Schule vorgelesen, ohne mir vorher Bescheid zu sagen. Es sollte eine Überraschung sein und das wurde es auch, aber keine schöne, denn mein Aufsatz enthielt sehr viel Privates und Persönliches. Ich wäre vor Scham fast gestorben. Das wäre sogar eine Erleichterung gewesen.

Ms Kennedy hat behauptet, sie habe selbst nichts von Mr Whitmans Plan gewusst, aber ich frage mich, ob das wahr ist. Schließlich hat sie jede Menge Lob dafür bekommen, dass sie mich zur Teilnahme an dem Wettbewerb überredet hat. Ich kann mir gut vorstellen, was die anderen Lehrer gesagt haben.

Ist Natasha Kennedy nicht großartig? Seht nur, sie hat die bemitleidenswerte, stille Mia Jackson aus ihrem Mauseloch hervorgelockt ... Und dann schreibt das Mädchen gleich den Siegeraufsatz!

Wenn man es so betrachtet, ist Ms Kennedy auch nur eine von denen, die uns benutzt und ausgenutzt haben, und wie Jamie bin ich es leid. Ich habe es satt – so satt! –, dass andere mir sagen, was ich tun soll.

Eine enorme Wut macht sich in mir breit, als würde ich gleich explodieren. Ich wusste gar nicht, dass ich zu solchen Gefühlen überhaupt fähig bin.

»Mia!« Ms Kennedy versucht erneut, mich zu packen, und heult frustriert auf, als ich ihr mit einem raschen Schritt zur Seite ausweiche. »Sei kein Idiot! Komm endlich!«

»Nein!«, schreie ich. Dann drehe ich mich um und renne zurück, weg vom Ausgang. Ich bin schnell, aber Ms Kennedy ist schneller. Ich habe kurzzeitig vergessen, dass sie zu den Stars der Schullaufgruppe gehört und schon dreimal am London-Marathon teilgenommen hat.

Sie holt mich an der Ecke ein, packt mich mit eisernem Griff an den Schultern und wirbelt mich zu sich herum. Dann schlägt sie mir ins Gesicht, nicht fest, aber immerhin fest genug, dass ich nach Luft schnappe. Meine Augen brennen und ich bin einen Moment lang außer Gefecht gesetzt.

»Beruhige dich, Mia, und sei nicht dumm!« Sie umklammert meinen Arm und zerrt mich wieder in Richtung Ausgang.

»Lassen Sie mich los!«, kreische ich und schlage mit der freien Hand nach ihr.

Wir fangen an, miteinander zu ringen. Ms Kennedy versucht, meinen freien Arm festzuhalten und mich weiterzuziehen, während ich mich heftig wehre und von ihr losreißen will.

Ich kann nicht fassen, dass ich mit einer Lehrerin kämpfe. Aber ich bin verzweifelt.

Fast schon instinktiv trete ich ihr fest auf den Fuß. Vor Schmerz schreit sie auf, lockert den Griff. Das nutze ich aus und versetze ihr einen heftigen Stoß.

Ich schwöre, dass ich das nicht gewollt habe.

Ms Kennedy taumelt rückwärts und rutscht auf dem glatten Boden aus. Im Fallen stößt sie mit dem Kopf gegen die Fensterbank, dann verliert sie das Bewusstsein. Reglos bleibt sie auf dem Boden liegen, und ich starre mit ungläubigem Entsetzen auf sie herab.

Oh Gott, ich habe eine Lehrerin umgebracht!

Tränen strömen mir über die Wangen, als ich neben Ms Kennedy auf die Knie sinke. Ich nehme ihr Handgelenk und will ihren Puls ertasten, dabei weiß ich gar nicht, wie man das macht. Panisch sehe ich mich nach Hilfe um, aber natürlich ist niemand hier. Was nun?

Erleichtert schluchze ich auf, als Ms Kennedys Lider zucken. Sie murmelt etwas Unverständliches, dann wird sie wieder bewusstlos. Jetzt erkenne ich auch, dass ihr Brustkorb sich hebt und senkt. Sie ist eindeutig am Leben – Gott sei Dank!

Ich komme wieder auf die Füße, zögere aber. Nun hält mich nichts mehr davon ab, Jamie zu suchen, aber ich kann Ms Kennedy nicht einfach hier liegen lassen. Sie könnte in Gefahr geraten und das kann ich mit meinem Gewissen nicht vereinbaren. Meine Nerven sind zum Zerreißen gespannt, während ich unschlüssig dastehe.

Wie aus dem Nichts ertönt plötzlich laute klassische Musik. Vor Schreck mache ich fast einen Satz an die Decke. Es dauert ein paar Sekunden, bis ich begreife, dass Ms Kennedys Handy klingelt.

Ich bücke mich, hole das Telefon – ein hypermodernes Designerteil – aus ihrer Jacke und blicke aufs Display. *Keisha Powell.* Meine Klassenlehrerin.

Ich will schon die *Aus*-Taste drücken, als mir klar wird, dass das hier die Lösung für mein Problem ist, was ich mit der bewusstlosen Ms Kennedy tun soll. Ich drücke auf die grüne Taste.

»Hallo? Hallo?« Ms Powell schreit los, sobald die Verbindung steht. »Natasha, um Himmels willen, wo bist du?«

»Hallo«, murmele ich.

Einen Moment erwäge ich, meine Stimme zu verstellen, aber ich kriege nicht mehr hin, als sehr tief und leise zu sprechen.

»Natasha, die Polizei bringt uns von der Schule weg!«, schreit Ms Powell weiter, ohne meine Antwort abzuwarten. Ihre sonst so ruhige und gelassene Stimme klingt hysterisch. Im Hintergrund höre ich alle möglichen Geräusche: Rufe, Schreie, Automotoren und eindeutig auch Weinen. »Sie wollen wissen, warum du noch nicht rausgekommen bist. Das bewaffnete Sonderkommando wird in zehn Minuten hier eintreffen! Du musst sofort raus …«

Ich schneide ihr das Wort ab. »Ms Kennedy liegt im Flur, in der Nähe der 7b.« Ich rede schnell und hastig, um meine Botschaft rüberzubringen. »Sie ist okay, aber sie hatte einen Unfall und ist bewusstlos. Jemand muss herkommen und ihr helfen!« Ohne auf eine Antwort zu warten, drücke ich ungeschickt auf der Tastatur herum, um das Gespräch zu beenden. Aber ich bin nicht schnell genug und kann Ms Powell noch laut und deutlich hören.

»Wer spricht da?«, fragt sie scharf. »Was denn für

ein Unfall?« Eine Pause entsteht. In meiner Hektik, das Handy endlich abzustellen, rutscht es mir fast aus den Fingern.

»Oh Gott!«, murmele ich. »Wie geht das Ding bloß aus?«

Am anderen Ende der Leitung schnappt Ms Powell nach Luft. »Mia? Bist du das? Wo bist du und …?«

Das Telefon verstummt, als ich endlich die richtige Taste finde. Doch einen Augenblick später klingelt es wieder. Fluchend und schwitzend und am ganzen Leib zitternd, gelingt es mir schließlich, das Gerät ganz auszuschalten. Es kehrt eine herrliche Stille ein, als das Display schwarz wird. Doch jetzt wissen alle, einschließlich der Polizei, dass ich noch im Gebäude bin. Vielleicht weiß man inzwischen auch, wer der Amokläufer ist.

Ich binde meinen Pullover von der Taille los, rolle ihn zusammen und schiebe ihn wie ein Kissen vorsichtig unter Ms Kennedys Kopf. Dann stecke ich das Handy zurück in ihre Tasche. Einen Moment lang überlege ich, ob ich es nicht lieber mitnehmen sollte. Meins geht seit Monaten nicht mehr, weil wir die Rechnung nicht bezahlen konnten. Ihr Handy könnte nützlich sein, wenn ich Mum oder Bree anrufen will – oder vielleicht sogar die Polizei.

Aber eine vage Ahnung, dass man mich über das

Telefon auf dem Weg zum Nebengebäude orten könnte, hält mich davon ab.

Ich werfe einen letzten Blick auf Ms Kennedy und hoffe, dass sie nicht ernsthaft verletzt ist und dass sie bald jemand holen kommt.

Während ich durch den Korridor laufe, versuche ich den Adrenalinschub wieder heraufzubeschwören, doch alles, was ich spüre, ist reine Angst.

Jetzt gibt es kein Zurück mehr.

SIEBEN

Jamie ist kein Monster, damit das klar ist.

Ich erzähle hier von Dingen, die er *vielleicht* gemacht hat, als wir noch jünger waren. Er könnte es gewesen sein, er könnte es aber auch nicht gewesen sein. Wie ich bereits gesagt habe, gibt es keine Beweise.

Womöglich war es auch nur ein Zufall, dass unserer Lehrerin in der zweiten Klasse, Mrs Merriman, die Handtasche gestohlen wurde, nachdem sie mich vor der Klasse heruntergeputzt hatte, weil ich mit Jamie geschwätzt hatte. Sie war so hart und verletzend, dass ich am Boden zerstört gewesen war.

Der Hausmeister wurde beschuldigt, ihre Tasche und noch andere Sachen gestohlen zu haben, und entlassen. Niemand mochte ihn, er war kein netter Mensch, daher schien alles perfekt zusammenzupassen und jeder war zufrieden.

Doch es blieb ein leiser Zweifel.

Und es gab vielleicht noch andere Vorfälle.

Nein, es gab *sicher* noch andere Vorfälle.

Mr Culpepper war einer unserer Nachbarn und sehr stolz auf seinen Garten. Opa hatte uns erzählt, dass Mr Culpepper mit seinen Pflanzen schon mehrere Preise bei der städtischen Gartenshow gewonnen hatte. Dabei fand ich die ungezähmte Mischung aus Wildblumen, Gräsern, Schmetterlingen und Bienen in unserem Garten viel schöner als die streng geordneten Farben nebenan.

Jamie sagte immer, Mr Culpepper würde mit der Wasserpistole in seiner Küche lauern, um jedem Insekt, das es wagte, sich in seinen Garten zu verirren, sofort den Garaus zu machen.

Mr Culpepper mochte keine Kinder. Er behielt unsere Bälle, die versehentlich über den Zaun flogen, und verbrannte sie mit dem Laub. Als mir mein kaugummipinker Geburtstagsluftballon mit der Aufschrift *Ich bin 6* entwischte – das Band rutschte mir aus der kleinen verschwitzten Hand – und in Nachbars Garten schwebte, brachte Mr Culpepper ihn mit einer Nadel zum Platzen. Ich saß auf der Stufe zum Garten und weinte so sehr, dass Jamie mir schließlich seinen eigenen blauen Luftballon schenkte. Indes besprühte Mr Culpepper seine Rosen mit einem Insektenschutzmittel. Er wirkte sehr zufrieden mit sich, während er Hunderte von Läusen vernichtete.

Einen Monat später begann in Mr Culpeppers Garten auf einmal das große Pflanzensterben. Vor unseren erstaunten Augen welkte die ganze Pracht, bis nur noch braune, kahle Stämme und Stile zu sehen waren. Es war *das* Gesprächsthema des Viertels, und Mum und Opa waren überzeugt, dass ein Rivale Mr Culpepper zu sabotieren versuchte. Jamie und ich dagegen dachten einfach nur, dass es dem Mann recht geschah.

Doch als ich sah, wie Mr Culpepper weinte, weil sein wunderschöner korallenfarbener Rosenstrauch starb, empfand ich Mitleid. Mr Culpepper gab seinen Garten auf. Ein paar Monate darauf zog er weg, und wir sahen ihn nie wieder.

Damals kam es mir nicht in den Sinn, dass Jamie vielleicht etwas damit zu tun haben könnte. Erst viel später entdeckte ich in dem Durcheinander, das in dem verfallenen Schuppen am Rand unseres Gartens herrschte, mehrere rostige Dosen Unkrautvernichtungsmittel.

Aber war Jamie tatsächlich zu so etwas fähig?

Als Sechsjähriger?

Ein »normaler« Sechsjähriger wäre es sicher nicht.

Es geschahen noch andere Dinge.

Es würde zu lange dauern, sie alle aufzuzählen. Für sich genommen war keiner dieser Vorfälle bedeutend, doch wenn man sie im Zusammenhang betrachtet, ergibt das ein mehr als düsteres Bild.

Die Jahre mit Opa waren trotz alledem eine glückliche Zeit. Wir hatten immer etwas zu essen auf dem Tisch und heißes Wasser, um in der alten viktorianischen Wanne mit den Löwenfüßen zu baden. Uns wurde nie der Strom abgeschaltet, weil Mum die Rechnung nicht bezahlt hatte, und wir mussten uns auch nicht mehr verstecken, wenn es an der Tür klingelte, weil vielleicht jemand draußen stand, der Geld haben wollte. Jamie und ich hatten immer das Gefühl gehabt, auf Mum aufpassen zu müssen, aber seit Opa sich um Mum und ihre Krankheit kümmerte, waren wir unbesorgt.

»Eure Mum braucht Hilfe, weil bestimmte Stoffe in ihrem Körper manchmal nicht so funktionieren, wie sie es sollten und wie sie es bei uns tun«, erklärte Opa Jamie und mir einmal. »Sie kann nichts dafür, das dürft ihr nicht vergessen.«

Nach monatelanger Überzeugungsarbeit gelang es Opa endlich, dass Mum einen Arzt aufsuchte. Anschließend musste er sie abwechselnd überreden, anflehen, erpressen oder sogar dazu zwingen, ihre Medikamente regelmäßig einzunehmen. Mum weigerte sich anfangs immer und stürmte zornig aus dem Zimmer, aber Opa gab nie auf.

»Komm schon, Liebes«, sagte Opa und streichelte Mum übers Haar, und irgendwann schluckte sie wie ein braves Kind ihre Pillen. Opa bekniete sie außerdem, zu einem Therapeuten zu gehen, und sie tat es tatsächlich, wenn auch nicht regelmäßig.

Aber allmählich ließen Mums Hochs und Tiefs nach, ihr Verhalten stabilisierte sich. Jamie und ich lernten nun eine Person kennen, die wir kaum als unsere Mutter wiedererkannten. Sie war jetzt weder stark depressiv noch übermäßig selbstbewusst und egoistisch.

Die Veränderung ging schleichend vor sich, und manchmal verfiel Mum wieder in alte Muster. Aber ich war so viel glücklicher und Jamie auch. Ich habe Mum immer viel näher gestanden als er, doch jetzt malte er in der Schule Bilder für sie, machte ihr Frühstück oder legte ihr Blumen aufs Kopfkissen.

Ganz normale Dinge.

Plötzlich waren wir eine normale Familie.

Aber wie ich vorhin schon sagte: Wenn mir etwas Gutes passiert, folgt etwas Schlechtes. Als Jamie und ich zwölf waren, wurde Opa sehr krank, und es begann ein Jahr der Klinikbesuche.

»Opa hat Krebs«, erklärte Mum uns. »Die Ärzte wissen nicht, ob er sich wieder erholt.« Sie hatte Tränen in den Augen, als sie mit uns sprach, doch die melodramatischen Gefühlsausbrüche, die ihre Krankheit gekennzeichnet hatten, gehörten der Vergangenheit an. »Auf jeden Fall wird er erst einmal im Krankenhaus bleiben müssen.«

Im Besucherraum der Klinik, wo wir von nun an viele unglückliche Stunden verbrachten und auf die neusten Nachrichten über Opas Gesundheitszustand warteten, hing ein Plakat. *Eine von vier Personen erkrankt an Krebs*, stand über einem Bild von einer weißen Blondine, einem jungen Schwarzen, einer älteren Asiatin und einem Mann mittleren Alters. Je dünner Opa wurde, je mehr er in sich zusammenzufallen schien, desto öfter fragte ich mich, wer die anderen drei Leute waren, die keinen Krebs bekamen, weil Opa ihn hatte. Es fiel mir schwer, sie nicht zu hassen.

Die Operationen und die Chemotherapie halfen Opa nicht, also kam er kurz nach unserem dreizehnten Geburtstag nach Hause, um zu sterben. Still und reglos lag er im Bett, zuckte nicht mal mit den Lidern. Die starken Schmerzmittel ließen ihn immer wieder in die Bewusstlosigkeit abtauchen. Er schien uns die meiste Zeit nicht zu erkennen. Mein Herz fühlte sich an, als sei es zerbrochen, und ich konnte mir nicht vorstellen, dass es je wieder heilen würde.

»Warum muss Opa sterben?«, fragte ich Mum. »Das ist nicht gerecht.«

Sie und ich kuschelten uns unter einer Patchworkdecke vor dem Wohnzimmerkamin aneinander. Ich hatte Jamie nicht mehr gesehen, seit wir von der Schule nach Hause gekommen waren, aber ich nahm an, dass er oben bei Opa war. Jamie saß oft einfach nur schweigend an Opas Bett; selbst wenn Opa nicht bei klarem Verstand war, schien er Jamies Nähe zu mögen.

Mum seufzte und legte ihr Kinn auf meinen Kopf. »Das Leben ist nicht gerecht, Schätzchen. Aber wir werden Opa nie vergessen. Er wird in unseren Köpfen und Herzen weiterleben.«

Ich blieb stumm. Mir reichte das nicht. Der Gedanke daran, Opa nie mehr wiederzusehen, war beängstigend und unerträglich. Tränen rannen mir über das Gesicht und tropften von meiner Nasenspitze. Wir weinten gemeinsam, bis unsere Augen brannten. Als Mum schließlich einschlief, weil sie von den vielen Nachtwachen an Opas Bett erschöpft war, kroch ich behutsam unter der Decke hervor und tappte lautlos die Treppe hinauf.

In Opas Zimmer war es warm und stickig. Der Geruch der Krankheit hing wie Dunst in der Luft. Das Licht war gedämpft, aber Jamie war da. Er saß wie immer ruhig neben dem Bett. Gemeinsam blickten wir auf Opas stille, eingefallene Gestalt, die unter der dicken Bettdecke kaum auszumachen war.

»Er schläft«, flüsterte Jamie. »Wo ist Mum?«

»Sie schläft auch«, gab ich zurück. »Sie ist völlig erledigt.«

»Hat sie ihre Tabletten genommen?«

»*Ja,* Jamie, hat sie.«

Jamie war Mum gegenüber furchtbar misstrauisch, und das ärgerte mich. Mum hielt sich großartig. Selbst als Opa krank war, nahm sie ihre Medizin und war stark, obwohl sie mit ihrer Trauer zu kämpfen hatte. Sie hatte uns sogar versprochen, nie wieder zuzulassen, dass die Krankheit die Kontrolle über sie gewann. Warum konnte Jamie nicht akzeptieren, dass mit Mum alles in Ordnung war, und sie einfach in Ruhe lassen?

Da schlug Opa plötzlich die Augen auf. Er blickte Jamie und mich an, doch sein stumpfer Blick verriet kein Erkennen.

»Ich bin hier, Opa«, sagte ich leise. »Mia. Du weißt doch, wer ich bin, oder? Soll ich Mum holen?«

Opa erwiderte nichts. Ich hätte nicht einmal sagen können, ob er mich hörte. Seine blutunterlaufenen Augen waren glasig, und obwohl er uns anstarrte, schien er nicht sicher zu sein, wen er vor sich hatte. Es war seltsam – so als sähe er uns zum ersten Mal klar und deutlich.

»Alles ist gut, Opa«, sagte ich, als er sich keuchend abmühte, seinen schwachen Körper in eine sitzende

Position zu bringen. Jamie und ich versuchten gemeinsam, ihn sanft wieder auf den Berg von Kissen zu betten, aber Opa wehrte verärgert ab.

»Was ist denn, Opa?«, fragte Jamie.

Ein Gurgeln entstieg Opas Kehle, als er etwas sagen wollte, und beim Anblick seines Gesichts bekam ich eine Gänsehaut. Seine Augen schienen aus den Höhlen zu treten und sein Mund war schlaff. Ein Speichelfaden tropfte herab.

»Opa, alles ist gut«, wiederholte ich hastig, doch als ich erkannte, dass er große Angst hatte, rann mir ein eiskalter Schauer über den Rücken. »Hab keine Angst. Ich bin's, Mia, und das ist Jamie. Du erinnerst dich doch an Jamie? Er …«

Opa rang um Luft. Er riss seinen Blick von Jamie los und fixierte mich, während er mit dem letzten bisschen Kraft, das ihm geblieben war, meine Hand umklammerte.

»Jamie«, flüsterte er so leise, dass ich ihn fast nicht hören konnte. »Mia. Hüte dich …«

Und dann starb er.

Noch immer kann ich seinen Gesichtsausdruck vor mir sehen.

Hüte dich.

Bis heute weiß ich nicht, was er damit meinte.

Wollte er Jamie und mir etwas über Mum sagen?

Oder wollte er mich vor Jamie warnen?

Hatte Jamie ihm während der langen, langen Stunden an seinem Krankenbett etwas gebeichtet? Wusste Opa etwas Schlimmes, was ich nicht wusste?

Ich habe keine Ahnung. Aber ein halbes Jahr nach Opas Tod hatte sich unser Leben vollkommen verändert. Vor Kummer brach Mum ihr Versprechen, setzte die Medikamente ab, und die Krankheit packte sie wieder mit eisernem Griff. Außer Jamie hatte ich niemanden, dem ich mich anvertrauen konnte, aber genau zu der Zeit begann unsere Beziehung zu bröckeln: Aus einem unerfindlichen Grund wandte Jamie sich von mir ab und distanzierte sich zusehends von mir.

Und von da an folgte er – immer schneller und schneller – der Abwärtsspirale der Selbstzerstörung.

ACHT

Montag, 10. März, 9.22 Uhr

Schwitzend und keuchend renne ich durch die leeren Gänge, um möglichst schnell möglichst viel Abstand zwischen mich und Ms Kennedy zu bringen. Ich hoffe, dass sie heil hier rauskommt, aber das ist im Augenblick nicht mein größtes Problem. Laut Ms Powell wird das bewaffnete Sonderkommando – und damit meint sie Polizisten mit Pistolen – in zehn Minuten hier sein.

Jetzt sind's schon weniger.

In etwa acht Minuten werden lauter Scharfschützen die Schule umstellen, und dann bin ich noch mehr in Gefahr.

Denk nicht drüber nach, sage ich mir immer und immer wieder, während ich den Weg zurückrenne, den Ms Kennedy und ich gekommen sind. Mein Herz hämmert laut in meiner Brust. Als ich am Lehrerzimmer vorbeikomme, höre ich den laufenden Fernseher, doch ich widerstehe der Versuchung, mir die neusten

Nachrichten anzuschauen. Ich brauche keine Fernsehberichte: Die Schlagzeilen entstehen nur ein paar Meter von mir entfernt.

Ich muss bloß anhalten und hinaussehen.

Ich halte an.

Auf Zehenspitzen betrete ich die nächste Klasse, gehe zum Fenster und stelle mich direkt hinters Rollo. Es besteht aus einem dicken schwarzen Stoff. Auf der anderen Seite dürfte kein verräterischer Schatten zu sehen sein, nichts, was der Polizei sagt, dass ich hier bin.

Zwischen dem Saum des Rollos und dem Fensterrahmen ist ein winziger Spalt. Ich gehe mit dem Auge ganz nah heran, während ich das Rollo festhalte, damit es sich nicht bewegt und mich verrät. Dann sehe ich hinaus.

Ach du Scheiße!

Vor dem Schultor, in einiger Entfernung, stehen acht – nein, zehn Polizeiwagen. Auf der Straße wimmelt es von Polizisten. Es sind zu viele, um sie zählen zu können. Einige davon tragen Schutzanzüge und Helme mit Visier. Gewehre sehe ich allerdings keine. Noch bin ich vor der bewaffneten Polizei sicher, aber die Uhr tickt.

Sonst ist niemand da: keine Schüler, keine Lehrer, keine Schaulustigen, keine Gesichter hinter den Fensterscheiben der umliegenden Häuser. Wie Ms Powell gesagt hat, wurden alle Leute aus der Gefahrenzone gebracht.

Zum ersten Mal frage ich mich, wie die Polizei wohl vorgehen wird. Und sofort taucht die Erinnerung auf, wie Jamie und ich vor ein paar Monaten zusammen ferngesehen haben. Ein Mann mit Pistole hatte sich in seiner Wohnung verbarrikadiert – in Leeds? Liverpool? Irgend so eine Stadt. Er hatte eine Geisel bei sich, seine Exfreundin, und ein Sonderkommando musste anrücken. Aber zuerst hat die Polizei versucht, mit dem Mann zu verhandeln. Zwei Tage lang.

Am Anfang reden sie nur, sage ich mir, um mir Mut zu machen. Sie werden nicht gleich hereinstürmen und um sich schießen.

Kurz überlege ich, ob das, was wir damals gesehen haben, Jamie auf diese Idee gebracht hat. Das Geiseldrama endete damit, dass der Mann seine Exfreundin freiließ und sich dann mit einem einzigen Schuss selbst tötete.

Als ich das Rollo vorsichtig loslasse, höre ich die gellende Sirene eines sich nähernden Krankenwagens. Ich frage mich, ob er für Ms Kennedy gerufen wurde oder ob er sowieso gekommen wäre – für den Fall, dass jemand verletzt wird.

Ich will wirklich nicht, dass Ms Kennedy etwas zustößt, und das meine ich ernst.

Ich hasse sie nicht. Ich hasse mich selbst.

Ich hätte schon vor Monaten auf Jamie hören sollen, dann wäre das alles vielleicht gar nicht passiert.

Aber jetzt passiert es, und du hast dich dafür entschieden, so zu handeln. Sei stark und zieh es durch.

Also rase ich durch den Korridor, vorbei am Sekretariat, am Büro des Direktors und der Aula des alten Haupthauses.

Und komme dem Anbau näher und näher.

Ich frage mich, was dort geschieht.

Ich frage mich, was Jamie gerade macht.

Und Kat Randall.

Hat sie auch so eine große Klappe, wenn jemand mit einer Knarre vor ihr steht?

Als ich durch den Kunsttrakt abkürze, sehe ich hinter einer offenen Tür lauter Werkzeuge für Holzarbeiten bereitliegen: Beitel, Hammer, Schnitzmesser, Bohrer.

Ich komme schlitternd zum Stehen. Mir ist eben etwas absolut Wichtiges eingefallen, woran ich bisher nicht einmal ansatzweise gedacht habe.

Falls ich mich irgendwann irgendwie verteidigen muss, habe ich nichts.

Überhaupt nichts.

Keine Kenntnisse in Selbstverteidigung.

Keine Waffen.

Wie befriedigend es doch wäre, wenn ich jetzt verkünden könnte, dass sich hinter meiner schwachen, harmlosen Fassade eine Karatemeisterin mit schwarzem Gürtel oder eine Kung-Fu-Expertin verbirgt. Doch leider bin ich wirklich schwach und harmlos, und ich habe noch nie einen Holzklotz mit bloßer Hand gespalten. Ich kann nicht mal einen Briefumschlag aufreißen, ohne mich am Papier zu schneiden.

Also flitze ich in den Werkraum und schnappe mir einen kleinen und einen großen Beitel und ein Schnitzmesser. Dann wiege ich die Hämmer in meiner Hand, wie ich es damals mit der Pistole auf dem Dachboden gemacht habe. Ich suche einen, der groß genug ist, um mich damit zu verteidigen, und zugleich leicht genug, um ihn problemlos mitnehmen zu können.

»Aber würde ich mich echt trauen, das Ding einzusetzen?«, frage ich mich laut.

Wieder blitzt eine Erinnerung vor mir auf.

Donnerstag, vor ein paar Wochen: Jamie und ich sind einige Minuten vor Schulbeginn in unserer Klasse. Ms Powell sieht nicht ein, dass ihre Schüler in der Wartezeit vor dem Unterricht machen, worauf sie Lust haben – tratschen, die *Heat* lesen, Armdrücken oder was auch immer. Daher hat sie einen Plan aufgestellt: Montag, Mittwoch und Freitag ist stille Lektüre angesagt (womit die *Heat* selbstverständlich nicht gemeint ist), während wir uns am Dienstag über aktuelle Nachrichten austauschen sollen.

Am Donnerstag wird philosophiert. Wenn wir in die Klasse kommen, steht an der Tafel eine Frage, die garantiert eine hitzige Debatte auslöst. An dem besagten Donnerstag lautete sie:

GLAUBST DU, DASS JEDER MENSCH FÄHIG IST, EINEN ANDEREN ZU TÖTEN, WENN ER NUR STARK GENUG PROVOZIERT WIRD?

»Nein«, sagte ich, als ich nach meiner Meinung gefragt wurde. »Das könnte ich einfach nicht.«

Normalerweise bin ich zwischen dem Für und Wider so hin- und hergerissen, dass alle in der Klasse, Jamie und Bree eingeschlossen, irgendwann genervt sind. Für jedes Argument finde ich ein Gegenargument, und wie ich bereits gesagt habe, hasse ich es, Entscheidungen zu treffen.

Diesmal war ich mir jedoch hundertprozentig sicher. Ich könnte niemals jemanden so sehr verletzen, egal was er mir angetan hat.

»Nicht mal aus Notwehr?«, wollte Bree wissen, und ich schüttelte den Kopf.

Die meisten Mädchen teilten meine Meinung. Allerdings gab es auch ein paar, die keine Skrupel hätten, einen Mann zu töten, der sie vergewaltigen will. Die Mehrheit der Jungs war der Ansicht, dass sie nur aus Notwehr töten würden.

»Ich denke, das hängt davon ab, welche Einstellung man zu sich selbst hat«, sagte Jamie. Während alle anderen sich bereits die Köpfe heißgeredet hatten, klang seine Stimme ruhig und kühl. »Wer sein Leben nicht wertschätzt, es vielleicht sogar für nutzlos hält, wird auch das Leben der anderen nicht wertschätzen. Und das macht ihn oder sie gefährlich.«

Hatte Jamie von sich selbst gesprochen?

Seine Worte hallen mir im Kopf wider, als ich mich schließlich für einen Hammer entscheide. Ich stecke die Werkzeuge in eine dünne Plastiktüte, die ich auf dem Lehrerpult finde, und knote die Griffe seitlich an meinem Gürtel fest, damit ich die Hände frei habe.

Vielleicht halte *ich* mein Leben nicht für besonders wertvoll, überlege ich, als ich den Kunsttrakt verlasse. Schließlich bringe ich mich gerade freiwillig in diese lebensgefährliche Situation.

Und falls Jamie Recht hat, bin ich dann gefährlicher, als ich dachte?

Ich bin jetzt sehr nah am Anbau, so nah, dass meine Angst fast greifbar ist. Ich würde gerne wissen, was in der 9 d vor sich geht. Ob noch alle leben.

Ich laufe schneller. Vor mir sehe ich die Doppeltür, die in den L-förmigen Glaskorridor führt, der das Haupthaus mit dem Nebengebäude verbindet. Mein Herz hämmert wie wild.

Als ich durch die Türöffnung trete, wird mir bewusst, dass ich einen Fehler begangen habe.

Einen dummen, dummen Fehler!

Ich hatte angenommen, dass alle Rollos auf der Vorderseite der Schule heruntergelassen wurden. Hier sind sie es nicht. Eine Sekunde lang stehe ich wie erstarrt in dem gläsernen Korridor und bin für jeden sichtbar, der zufällig hereinschaut.

Oh Gott!

Ich lasse mich so schnell auf den Boden fallen, dass ich mir mit den Werkzeugen fast in die Seite steche. Dort bleibe ich reglos liegen, während die blasse Wintersonne durchs Fenster brennt und mich blendet. Von Kopf bis Fuß zitternd, blicke ich auf und erwarte, dass Gesichter auftauchen. Gleich wird das Glas bersten und die Polizei wird hereinkommen, um mich in Sicherheit zu bringen.

Aber nichts passiert. Also hole ich tief Luft und reiße mich zusammen. Ich schiebe mir die Werkzeugtüte auf den Rücken, damit sie mich nicht stört, und robbe wie ein Soldat im Dschungel auf dem Bauch vorwärts.

Als nach einer Weile immer noch keiner auftaucht, wage ich zu glauben, dass ich doch nicht bemerkt wurde.

Ich robbe weiter durch das kurze Stück des L, bis ich den Knick erreiche. Erleichterung macht sich in mir breit, als ich sehe, dass die Rollos im längeren Teil des Korridors zum Schulhof hin herabgelassen sind.

Trotzdem richte ich mich erst wieder auf, als ich nach einer Ewigkeit an der zweiten Doppeltür ankomme. Zitternd ziehe ich mich am Türgriff hoch.

Hinter dieser Doppeltür liegt der Anbau.

Hinter dieser Doppeltür, im ersten Stock, befindet sich die Klasse 9 d. Kat Randall ist dort. Jamie auch? Ich weiß nicht, was mich erwartet, aber jetzt kann mich nichts mehr zur Umkehr bewegen.

Ich drücke sachte gegen die Schwingtüren, um leise ins Nebengebäude zu schlüpfen.

Die Türen gehen nicht auf.

Sie sind abgeschlossen.

NEUN

Nach Opas Tod wurde mir immer mehr bewusst, dass Jamie Mum hasste.

Eigentlich wäre es richtiger zu sagen, dass Jamie die Krankheit hasste und nicht Mum selbst, aber weil die Krankheit ihre Persönlichkeit so stark beeinflusste, war es schwierig, beides voneinander zu trennen. Im Gegensatz zu mir hat Jamie Mum schon immer Vorwürfe gemacht, weil sie nicht gleich die nötigen Schritte unternommen hat, um ihren Zustand in den Griff zu bekommen. Doch als Opa tot war und sie ihre Medikamente absetzte und sich dadurch kopfüber in die Depression stürzte, war Jamie frustrierter denn je.

»Das ist doch lächerlich, Mia!«, schrie er einmal, während er im Wohnzimmer auf und ab marschierte. Seine Wut jagte mir so viel Angst ein, dass ich still dasaß und mich nicht traute, etwas zu sagen. »Wir wissen alle, dass sie anders ist, wenn sie die Medikamente nimmt, also warum *tut* sie es nicht einfach?«

Ich hatte Mum dieselbe Frage gestellt, als Opa krank war, als wir einander nahestanden und uns das Reden leichter fiel als jemals zuvor. Doch Mum hatte so unglücklich und beschämt dreingeschaut, dass ich besser den Mund gehalten hätte. Und das sagte ich ihr auch.

»Nein, Mia.« Mum schlang die Arme um mich, während ich mit hängendem Kopf dastand und den Blick ihrer traurigen Augen kaum ertragen konnte. »Du hast eine Erklärung verdient. Weißt du, es ist so …«

Sie brach ab und dachte eine Weile nach, bevor sie weitersprach.

»Wenn ich in diesem euphorischen Zustand bin, fühle ich mich so großartig, dass ich es nicht beschreiben kann. Ich brauche kaum Schlaf oder Nahrung und bin trotzdem voller Energie. Es ist wie ein Rausch. Pures Glück. Dann glaube ich, dass ich alles schaffen und niemand mir etwas anhaben kann. Als würde ich fliegen.« Sie lachte nervös. »Ich weiß, das ist schwer zu verstehen, Mia. Aber dann komme ich mir besonders vor. Unbesiegbar.«

Ich erinnere mich, dass ich stumm blieb. Ich versuchte mir eine Krankheit vorzustellen, die einen so glücklich macht, aber das war unmöglich. Sollte eine Krankheit einem nicht das Gefühl geben – na ja –, *krank* zu sein?

Mum seufzte tief. »Das aufzugeben ist verdammt schwer.«

»Aber was ist mit dem anderen Zustand?«, fragte ich. Ich wollte verstehen, was mir so unbegreiflich vorkam. »Der Depression? Wenn du tagelang im Bett liegst und weinst? Das macht doch keinen Spaß?«

Mum schüttelte den Kopf. »Nein, natürlich nicht. Dann kommt es mir so vor, als wäre ich am Grund eines tiefen, dunklen Lochs gefangen und es gäbe keinen Weg hinaus. Das ist der Preis, Mia. Das eine geht nur mit dem anderen.«

All das erzählte ich Jamie, als sich Mums Verhalten ein paar Monate nach Opas Tod wieder einmal zum Schlechten veränderte. Doch Jamie zeigte kein Verständnis.

»Wenn Mum nur das tun will, worauf sie Lust hat, hätte sie keine Kinder kriegen sollen, oder?«, erwiderte er mit versteinerter Miene.

»Du machst es dir zu einfach«, sagte ich. »So funktioniert das Leben nicht.«

»Als ob ich das nicht wüsste«, hatte Jamie gemurmelt und mir den Rücken zugewandt.

Wann etwas anfing schiefzulaufen, ist im Nachhinein oft schwer zu sagen, aber ich glaube, dass die Beziehung zwischen Jamie und mir genau in diesem Moment zerbrach.

Wir waren immer füreinander da gewesen und ich hatte mich immer auf Jamie verlassen können, aber nun schien er plötzlich eine komplett andere Schiene zu fahren. Er zog sich total zurück, nicht nur emotional, sondern auch körperlich. Er tat so, als hätte er mit Mum, ihrer Krankheit und den Problemen, die daraus erwuchsen, nichts zu tun. Gleichzeitig verlangte er von *mir*, endlich was dagegen zu unternehmen.

Die Monate nach Opas Tod waren hart, und mir fiel es immer schwerer, Mum alleine zu lassen, wenn sie ihre depressiven Phasen hatte. Hin und wieder schwänzte ich sogar die Schule, um ein Auge auf sie zu haben.

Jamie weigerte sich, mir zu helfen. Mum sprach manchmal davon, allem ein Ende zu machen, was mich in Panik versetzte, aber ich glaube nicht, dass sie es dann auch wirklich probiert hat. Es ist jedoch gut möglich, dass sie früher einmal versucht hat, sich etwas anzutun, und Opa hat es uns verschwiegen.

Aber auch Mums manische Phasen schienen immer schlimmer zu werden. Den ganzen Tag war sie unterwegs, um Geld auszugeben, das wir nicht hatten, und abends zog sie durch die Clubs.

In seiner Verzweiflung klaute Jamie einmal ihre Kreditkarten und versteckte sie, aber nur wenige Tage später ging sie wieder shoppen.

Ich erzählte ihm, sie habe die Karten gefunden, aber in Wirklichkeit hatte ich sie ihr zurückgegeben, weil sie mir so leidtat. Ich wusste, dass ich ein Idiot war, und Jamie wusste es auch. Er rastete völlig aus, doch jetzt war er sauer auf mich, nicht auf Mum.

Das war an einem Freitag. Jamie verschwand und kam erst am späten Samstagnachmittag zurück. Mum war feiern und blieb ebenfalls über Nacht weg.

Und so saß ich allein in diesem dunklen, baufälligen Haus und hatte furchtbare Angst, dass keiner von beiden je zurückkommen würde.

Jamie trudelte als Erster wieder ein. Ich hatte mir vorgenommen, kühl und gelassen zu reagieren, doch als ich ihn sah, brach ich vor Erleichterung in Tränen aus. Früher hätte Jamie mich sofort getröstet, aber jetzt dachte er nicht mal daran. Er blieb vor mir stehen und betrachtete mich mit einem seltsamen Gesichtsausdruck, den ich nicht deuten konnte.

»Ich dachte, du würdest nie mehr wiederkommen«, brachte ich schluchzend hervor.

»Eines Tages komme ich vielleicht auch nicht wieder«, sagte er trocken.

Das war das erste Mal, dass er so was sagte.

Auch Mum kam irgendwann wieder nach Hause, aber sie setzte ihren ungezügelten und rücksichtslosen Lebensstil fort. Ich konnte kaum noch schlafen, lag jede Nacht wach und wartete, bis sie heimkam. Herrgott noch mal, *wir* waren die Teenies, nicht sie!

»Das muss sofort aufhören!«, sagte Jamie wütend, als wir eines Morgens in die Küche kamen und zum dritten Mal hintereinander einen fremden Mann in Unterhose beim Teekochen antrafen. Der Mann wirkte peinlich berührt, als er uns sah, und ließ den heißen Teebeutel, den er gerade aus dem Becher genommen hatte, auf seinen nackten Fuß fallen.

»Tut mir leid«, presste er hervor, während er durch die Küche hüpfte und seinen verbrannten Fuß umklammerte. »Ich wusste nicht, dass hier noch jemand wohnt.« Dann floh er nach oben in Mums Schlafzimmer, um seine Sachen zusammenzusammeln.

»Das muss sofort aufhören!«, wiederholte Jamie und starrte mich anklagend an. »Mum *muss* wieder zum Arzt gehen, Mia.«

Ich verzog keine Miene, um nicht zu zeigen, was ich fühlte. Ich war müde und ich war beunruhigt und ich wollte mit nichts und niemandem mehr etwas zu tun haben. Sollte sich doch Jamie um alles kümmern. Aber ich hatte bereits begriffen, dass ich Jamie mit meiner Ansicht, ohnehin nichts ausrichten zu können, langsam verärgerte.

Aus irgendeinem Grund schien es für ihn wichtig zu sein, dass ich Rückgrat zeigte.

»Sie wird nicht hingehen.«

»Sie muss aber!«, gab er barsch zurück und starrte mir in die Augen. »Oder sie müssen herkommen und sie hier behandeln.«

»Dann haut sie ab und versteckt sich.« Ich versuchte zurückzustarren, aber ich konnte seinem durchdringenden Blick nicht standhalten und begann daher, meine Fingernägel zu betrachten. »Im Übrigen macht ein Arzt heutzutage nur dann einen Hausbesuch, wenn man fast schon im Sterben liegt.«

»Okay, dann müssen wir sie halt irgendwie in die Praxis kriegen.« Jamie wollte nicht aufgeben. »Verdammt noch mal, Mia! Siehst du denn nicht, dass es so nicht weitergehen kann?«

»Aber du weißt doch, was passieren wird«, sagte ich matt. »Mum wird sich weigern. Selbst wenn ein Wunder geschieht und sie Ja zu einer Therapie und medizinischen Behandlung sagt … Sie wird die Tabletten nicht schlucken und ihre Termine beim Therapeuten sausen lassen. Dann läuft alles genauso wie bisher. Opa brauchte *Jahre*, Mum dazu breitzuschlagen.«

»Darüber können wir uns auch später noch Gedanken machen.« In Jamies Augen lag ein merkwürdiges Glitzern. Etwas Irres, was mich auf unangenehme Weise an Mum erinnerte. »Es gibt vielleicht Mittel und Wege, sie zur Vernunft zu bringen. Pass auf, Mia, du machst erst mal einen Termin bei Dr. Fields, und dann sehen wir weiter.«

Ich nickte. Ich war zu erschöpft und niedergeschlagen, um mich mit ihm zu streiten.

»Mach den Termin aus, aber sag Mum auf keinen Fall Bescheid«, fügte Jamie hinzu. »Dann haben wir wenigstens die Überraschung auf unserer Seite.«

Wir mussten allerdings noch ein paar Wochen warten, da es schwierig war, einen Termin zu bekommen, der sich nicht mit dem Unterricht überschnitt. Schließlich vereinbarten wir einen für den ersten Tag in den Herbstferien, ein Montag, um halb zehn Uhr morgens. Um Viertel vor neun gingen Jamie und ich in Mums Schlafzimmer. Sie lag auf dem Rücken und schlief.

»Mum.« Ich trat ans Bett und schüttelte sie leicht an der Schulter. »Wach auf.«

Ihre Augen blieben geschlossen und sie regte sich nicht.

»Mum!« Ich schüttelte sie noch einmal und wieder geschah nichts. Mich packte die Angst, als ich zu Jamie aufblickte. »Jamie! Du glaubst doch nicht …?«

Er schob mich zur Seite. Behutsam strich er Mum die Haare aus dem Gesicht und musterte sie.

»Nein, Mia, alles in Ordnung«, sagte er schließlich. »Schau, sie atmet.« Dann nahm er eine fast volle

Flasche Tabletten in die Hand, die auf dem Nachttisch stand. »Was sind das für welche?«

»Ich weiß nicht«, sagte ich. »Die habe ich noch nie gesehen.«

Jamie las das Etikett auf der Rückseite der Flasche, und sein Gesicht wurde rot vor Zorn.

»Schlaftabletten!« Frustriert schlug er aufs Bett. Mum regte sich nicht, schnarchte nur leise, als wollte sie Jamies Worte unterstreichen. »Vergiss es, Mia. Die kriegen wir im Leben nicht wach.«

»Aber wo hat sie die Tabletten her?«, fragte ich verzweifelt.

»Heute kannst du jeden Schrott übers Internet bestellen.« Jamie steckte die Flasche ein. »Für so was braucht man nicht mal ein Rezept.«

»Wir haben doch gar kein Internet ...«

Jamie schnalzte verächtlich mit der Zunge. »Sag mal, Mia, kriegst du eigentlich gar nichts mit? Mum geht in die Bücherei und nutzt die Computer dort. Was denkst du denn, wie sie diese ganzen Typen kennenlernt? Auf Dating-Seiten!«

»Woher weißt du das?«

»Weil ich ihr nachgegangen bin, ist doch klar«, erwiderte Jamie mit finsterer Miene. »Ich spioniere ihr seit Monaten nach.«

Ich war einen Moment lang sprachlos. Auf so eine

Idee wäre *ich* nie gekommen. Aber Jamie war schon immer zielstrebiger und rücksichtsloser als ich – und mir in jeder Hinsicht einen Schritt voraus.

»Und was machen wir jetzt?«, fragte ich schließlich. Insgeheim war ich erleichtert, dass wir Mum nicht mehr zwingen mussten, etwas zu tun, was sie hasste. Ich gebe alles für ein ruhiges Leben, so bin ich eben. Selbst wenn dieses Leben fast unerträglich ist.

Jamie antwortete nicht, aber bei seinem anklagenden Blick packte mich die Furcht.

»Hast du es ihr gesagt, Mia?«

»Was denn?«, stammelte ich.

»Dass wir heute einen Arzttermin haben.« Jamies Augen waren kalt wie schwarze Murmeln. »Hast du es ihr gesagt? Hat sie deshalb die Schlaftabletten genommen?«

»Ich habe ihr nichts gesagt!«, entgegnete ich wahrheitsgemäß.

Aber Jamie kannte mich viel zu gut.

»Hast du es irgendwo aufgeschrieben?«, fragte er.

»Ich …« Ich war aufgeflogen und kam mir schäbig vor. »Ja, in meinem Kalender.«

Jamie sah mich böse an. »Hol deine Jacke.« Er wandte sich um und ging hinaus.

»Warum?« Ich rannte ihm hinterher. »Wohin gehen wir?«

»Zum Arzt.«

»Das macht doch keinen Sinn, Jamie«, sagte ich und wiederholte meine Worte unermüdlich, bis wir den Parkplatz der Praxis erreichten. Dabei war ich eigentlich heilfroh, dass er in dieser Situation das Kommando übernommen hatte. »Der Arzt verrät uns sowieso nichts über Mum. Es gibt eine ärztliche Schweigepflicht, schon vergessen?«

»Ich will nichts über Mum wissen.« Jamie marschierte entschlossen über den Parkplatz. »Ich lebe seit dreizehn Jahren mit ihrer Krankheit. Ich will nur, dass sie uns verdammt noch mal helfen!«

Als ich den Termin telefonisch ausgemacht hatte, hatte mir die Sprechstundenhilfe gesagt, dass sich der fröhliche, charmante, grauhaarige Dr. Fields aus gesundheitlichen Gründen überraschend zur Ruhe gesetzt hatte. Seine Vertretung – eine gewisse Dr. Caroline Zeelander – würde Mum untersuchen.

Dr. Zeelander wirkte auf mich nicht gerade vertrauenerweckend. Sie war groß und extrem dünn. Ich musste unweigerlich an die entsetzlichen Fotos von Magersüchtigen in Zeitschriften denken, bei denen die Knochen sich förmlich durch die Haut bohrten. Ihr blondes Haar war straff nach hinten frisiert, sodass ihre scharfen, kantigen Züge deutlich hervortraten.

»Du bist nicht Mrs Annabel Jackson«, bemerkte

Dr. Zeelander statt einer Begrüßung und blickte mich mit ihren katzenartigen grünen Augen an.

»Nein, bin ich nicht, tut mir leid«, sagte ich entschuldigend. »Mrs Jackson ist meine Mutter. Sie konnte nicht kommen …«

Augenblicklich wirbelte Dr. Zeelander herum und schloss eine Seite auf ihrem Computer. Wahrscheinlich Mums Krankenakte, die wir nicht sehen sollten.

»Darf ich fragen, was du dann hier zu suchen hast?«, erwiderte Dr. Zeelander kalt. »Der Termin wurde mit deiner Mutter vereinbart. Hast du der Sprechstundenhilfe nicht gesagt, dass deine Mutter nicht mitgekommen ist?«

Weil mich diese Verhörsituation nervös machte, sah ich zu Jamie hinüber, aber der schüttelte nur leicht den Kopf.

Trotzdem platzte ich heraus: »Ähm … wir haben ihr gesagt, dass unsere Mum noch draußen ist und telefoniert.« Ich wagte nicht, Jamie anzusehen, aber ich konnte seinen Ärger spüren. »Tut mir leid.«

»Hör auf, dich zu entschuldigen, Mia!«, fauchte Jamie gereizt. Er richtete seinen Blick auf Dr. Zeelander, die total schockiert wirkte. »Erklär ihr einfach, warum wir hier …«

»Das reicht!«, fuhr ihm Dr. Zeelander ins Wort. Sie stand auf, trat zur Tür und öffnete sie. »Wenn

Mrs Jackson einen Arzt braucht, muss sie selbst herkommen. Ich werde nur mit ihr persönlich über ihre Krankheit sprechen.«

»Aber …«, begann Jamie.

»Geh bitte. Sofort.«

Irgendwie hatte ich den Eindruck, dass Dr. Zeelanders Nerven zum Zerreißen gespannt waren. Sie hatte dunkle Schatten unter den Augen und ihre Hände zitterten leicht. Ich glaube nicht, dass es an uns lag. Wie auch? Aber ich hatte das seltsame Gefühl, dass sie es geradezu genoss, uns vor die Tür zu setzen. Dass sie dieses Gefühl der Macht dringend brauchte.

Ich sah zu Jamie hinüber. Sein Gesicht war kreideweiß und versteinert, während seine Augen wie Kohlen glühten. Er war so wütend, dass er beinah Funken sprühte.

Plötzlich schoss sein Arm nach vorne und fegte den Ablagekorb, in dem sich zahlreiche Dokumente stapelten, vom Schreibtisch. Er fiel krachend zu Boden und die Papiere flatterten überall herum.

Jamie packte meine Hand und zerrte mich zur Tür. Dort blieb er direkt vor Dr. Zeelander stehen. Er war fast so groß wie sie, und ihre Blicke begegneten sich. Dr. Zeelanders Augen waren weit aufgerissenen, ungläubig, Jamies kalt – eiskalt und voller Zorn. Und dann zog er mich aus dem Behandlungszimmer.

Dr. Zeelander wirkte wie festgefroren und machte keine Anstalten, uns aufzuhalten. Ich blickte zurück, als wir nach draußen traten, und sah, dass sie mit offenem Mund dastand und am ganzen Körper bebte. Ich konnte sie verstehen. Jamie hatte mich mit seinem blanken Zorn auch zu Tode erschreckt.

»So was hast du noch nie gemacht«, sagte ich leise, während wir den Parkplatz überquerten. Jamie war voller Energie. Ich konnte kaum mit ihm Schritt halten. »Was ist, wenn Dr. Zeelander es jemandem ...?«

»Halt die Klappe, Mia!«, knurrte Jamie. Er kochte förmlich vor Wut. Diese Seite von sich hatte er noch nie gezeigt, nicht einmal mir. »Die wird nichts sagen. Und selbst wenn – wen interessiert's? Außer dir gab es keine Zeugen. Diese hochnäsige Schlampe hat es verdient. Das und noch viel mehr.«

Als ich am nächsten Tag in den kleinen Supermarkt am Ende unserer Straße ging, sprang mir eine Schlagzeile der Lokalzeitung ins Auge: *Arzt-BMW demoliert – Polizei sucht nach Augenzeugen. Seite 4.*

Es war nicht die Titelstory, es war nicht einmal eine fette Überschrift, aber ich hatte sie sofort entdeckt. Als hätte ich damit gerechnet.

Wie in einem Traum sah ich meine zitternde Hand nach der Zeitung greifen und die vierte Seite aufschlagen.

ARZT-BMW DEMOLIERT – EIN AKT DER RACHE?

Die Polizei sucht nach Augenzeugen

Gestern Nachmittag, schätzungsweise zwischen 18 und 20 Uhr, wurde der Wagen einer ortsansässigen Ärztin von Vandalen demoliert. Dr. Caroline Zeelander entdeckte den Schaden an ihrem neuen silberfarbenen 5er BMW beim Verlassen ihrer Praxis. Ein oder mehrere unbekannte Täter hatten die Reifen aufgeschlitzt, die Scheinwerfer eingeschlagen und eine Dose roter Farbe über das gesamte Fahrzeug gegossen.

»Das war mutwillige Zerstörung«, sagte die Polizeibeamtin Rehana Patel, die zuerst am Tatort war. »Derzeit ist noch unklar, ob der Wagen zufällig in die Hände der Vandalen fiel oder ob der Anschlag bewusst gegen Dr. Zeelander gerichtet war.«

Die Frage nach einem möglichen Zusammenhang zwischen dem Vorfall und der einstweiligen Verfügung, die Dr. Zeelander vergangene Woche gegen ihren Noch-Ehemann erwirkt hat, wollte die Geschädigte nicht kommentieren.

Wer den Tathergang beobachtet hat, wird dringend gebeten, sich bei der örtlichen Polizeidienststelle zu melden.

Ich stand da und starrte so lange auf den Artikel, bis der Filialleiter des Supermarkts kam und mich fragte, ob mit mir alles in Ordnung sei. Ich konnte ihm kaum antworten, weil ich Angst hatte, dass ich mit meinen schrecklichen Gedanken herausplatzen würde, sobald ich nur den Mund aufmachte.

Hatte Jamie den Anschlag auf das Auto von Dr. Zeelander verübt? Er war am Abend zuvor wortlos gegen Viertel vor sechs verschwunden. Und kurz nach acht zurückgekommen.

Das klang total unwahrscheinlich, und ich redete mir verzweifelt ein, dass es nicht sein konnte. Schließlich hatte Caroline Zeelander nicht gerade einen sympathischen Eindruck gemacht. Auch wenn sie erst seit Kurzem in der Praxis arbeitete, hatte sie vielleicht schon den ein oder anderen Patienten gegen sich aufgebracht. Oder die Tat war – was der Artikel ja nahelegte – wirklich ein privater Racheakt.

Aber all diese kleinen Vorfälle – der mit Michael Riley und andere – hatten sich im Laufe der Jahre tief in mein Unterbewusstsein gegraben. Langsam und ohne dass ich es mir eingestehen wollte, hatte sich in mir die Gewissheit festgesetzt, dass mein Bruder unberechenbar war. Gefährlich.

Und die Erinnerung an seinen Wutausbruch in Dr. Zeelanders Praxis, weil er sich machtlos fühlte, verschlug mir noch immer den Atem. Die Hilflosigkeit, die er Mum und – sei ehrlich, Mia! – *mir* gegenüber empfand, trieb ihn offenbar an seine Grenzen.

Eine Frage ließ mich jetzt nicht mehr los: Wie weit würde Jamie gehen?

ZEHN

Montag, 10. März, 9.35 Uhr

»Nein!«

Wie die Ungläubigkeit in Person stehe ich vor der verschlossenen Doppeltür, die mir den Zugang zum Anbau verwehrt: Meine Augen sind weit aufgerissen, die Fäuste geballt, mein Mund steht offen.

Ich rüttle noch einmal fester an der Tür, werfe mich mit der Schulter dagegen, aber es ist sinnlos. Die Tür ist definitiv zu.

Damit hätte ich nie gerechnet. An Schultagen bleiben die Türen an den Enden des L-förmigen Glaskorridors immer geöffnet. Sie werden höchstens nachts abgeschlossen. Vermutlich hatte ein Lehrer oder vielleicht der Hausmeister die schlaue Idee, den Amokläufer einzuschließen.

Noch während mir diese Gedanken durch den Kopf schießen, was höchstens zwei Sekunden dauert, wird mit bewusst, dass ich nicht die Zeit habe, hier herumzustehen und nachzudenken.

Wenn ich in den Anbau will, bevor die Polizei auftaucht, muss ich diese Türen irgendwie aufkriegen.

Ich reiße die Plastiktüte mit den Werkzeugen von meinem Gürtel. Mein erster Gedanke ist, mit dem Hammer ein großes Loch in die Holzverkleidung der Doppeltür zu schlagen, aber mir wird augenblicklich klar, dass das einen Riesenkrach machen würde. Also nehme ich den größten Beitel und versuche, eine der Türen aufzustemmen.

Ich bin vermutlich die unfähigste Einbrecherin der Welt, denn obwohl ich mich mit meinem ganzen Gewicht gegen den Beitel lehne, passiert nichts. Die Tür bewegt sich keinen Millimeter.

Vor Wut und Anspannung kann ich nicht einmal in Tränen ausbrechen, was ich sonst immer mache, wenn ich verzweifelt bin. Mir wird bewusst, dass ich auf diesem Weg nicht ins Nebengebäude komme. Nicht durch diese Türen.

Ich muss nach draußen und dort einen Einstieg finden, außer Sichtweite der Polizei.

Und dann höre ich es. Das Geräusch eines Fahrzeugs, das sich dem Schultor nähert. Ich brauche den Sonnenschutz gar nicht zur Seite zu ziehen und nachzusehen, wer es ist, denn das weiß ich auch so.

Die bewaffnete Einsatztruppe rückt an.

Irgendwie muss ich raus aus diesem gläsernen

Gang und rüber in den Anbau, bevor ich entdeckt, gefasst oder niedergeschossen werde.

Ich habe nur zwei Möglichkeiten.

Ich kann den Weg zurückgehen, den ich gerade gekommen bin, und den Ausgang neben dem Kunsttrakt nehmen. Von dort aus würde ich hinter der Schule zum Anbau rennen, vorbei an dem Korridor, in dem ich jetzt stehe, und durch den Hintereingang ins Gebäude schlüpfen.

»Aber reicht dazu die Zeit?«, frage ich mich leise, während ich mich weiter gegen den Beitel stemme, immer noch ohne nennenswerten Erfolg.

Was ist, wenn die Polizei das Haus umstellt und mich abfängt?

Doch es gibt ja noch eine zweite Möglichkeit. Ich bin zwar überhaupt nicht sportlich, aber das könnte selbst ich schaffen.

Hastig stecke ich das Werkzeug zurück in die Tüte und wende mich nach links zu der großen Glasfront, die der Seite mit den Rollos gegenüberliegt. Die weiß lackierten Fensterbänke sind breit und niedrig, fast wie eine Sitzbank, und ich steige auf die nächstgelegene.

Dann strecke ich die Hand zum langen, rechteckigen Fenster über der großen Glasscheibe, die sich nicht öffnen lässt, und entriegele es.

Das Fenster schwingt auf. Frische, frostige Luft schlägt mir ins Gesicht und erfüllt mich mit neuer Energie. Ich packe den unteren Fensterrahmen und ziehe mich hoch, während meine Sneakers an der glatten Glasscheibe nach Halt suchen.

Ich lege eine kleine Verschnaufpause ein, dann schaffe ich es, ein Bein über den Rahmen zu schwingen. Für ein, zwei Sekunden verharre ich in dieser unangenehmen Position, rittlings auf dem Rahmen sitzend, dann ziehe ich das andere Bein nach. Langsam lasse ich mich an der Außenseite des Fensters herab. Hier gibt es keine breite Fensterbank, sondern nur einen schmalen Sims, und so muss ich mich tiefer fallen lassen, als mir lieb ist.

Ich lande auf den Knien im gekiesten Blumenbeet unter dem Fenster, reiße mir Löcher in meine dicke schwarze Strumpfhose und schürfe mir die Hände auf. Aber ich bin draußen.

Ja!

Ich kann das Wort zwar nicht herausschreien, aber triumphierend in die Luft boxen.

Ich wende mich nach rechts, Richtung Anbau. Dann schiebe ich mich an der Glasfront entlang zur Seitenwand des Anbaus, die hinter dem Verbindungsgang hervorragt. Nervös drücke ich mich in den Schatten des Gebäudes und hole ein paarmal tief Luft.

Nachdem ich wie ein verängstigter Vogel von einer Seite zur anderen geschaut habe, biege ich um die Ecke.

Dort bleibe ich stehen und blicke nach oben. Nun befinde ich mich fast genau unter der 9 d, die ein Eckzimmer im ersten Stock hat. Ich kenne den Klassenraum gut. Dort hatte ich in der Achten Französisch.

Hineinsehen kann ich nicht, weil die Rollos unten sind. Genau genommen sind sämtliche Fenster an dieser Seite des Anbaus verdunkelt. Ich kann nur hoffen, dass mich niemand durch einen Spalt zwischen den Rollos beobachtet, so wie ich vor ein paar Minuten die Polizei beobachtet habe, und sich fragt, was ich vorhabe und wie man es verhindern kann …

Flach an die Wand gepresst husche ich zum Hintereingang, der etwa in der Mitte des Gebäudes liegt. Dabei erwarte ich, jeden Moment einen Ruf zu hören, ein »Stopp!« oder vielleicht sogar: »Stehen bleiben, Hände hoch!«

Aber ich höre und sehe nichts.

Als ich mein Ziel erreiche, atme ich erleichtert auf. Ich drücke gegen die Tür. Auch sie ist abgeschlossen.

Oh Gott! Ich fasse es nicht!

Ich senke den Kopf und raufe mir die Haare. Panik macht sich in mir breit.

Denk nach!

Du kennst die Schule wie deine Westentasche.

Finde einen anderen Weg.

Ich bin kurz vorm Durchdrehen und mein letzter Rest gesunder Menschenverstand drängt mich, aufzugeben und umzukehren, doch stattdessen lasse ich meinen Blick über die Wand des Anbaus schweifen. Die Feuerleiter kann ich nicht nehmen, denn sie ist hinter der nächsten Ecke. Dort wäre das Risiko, von der Polizei gesehen zu werden, ungleich größer.

Es gibt kein offenes Fenster im Erdgeschoss des Anbaus, durch das ich hineinklettern könnte. Doch am äußeren Ende des Gebäudes steht ein einstöckiger Ergänzungsbau mit Flachdach, den man nachträglich als Garderobe für die Schüler im Anbau errichtet hat. Als mein Blick weiter nach oben gleitet, entdecke ich ein kleines Fenster über dem Dach, das einen winzigen Spaltbreit offen steht. Ich denke angestrengt nach, bis mir einfällt, dass dieses Fenster zu den Mädchentoiletten gehört.

Das ist meine einzige Chance. Doch zuerst muss ich auf das Flachdach gelangen.

Wie um alles in der Welt willst du da raufkommen?, frage ich mich.

Auf das Dach zu klettern ist viel schwieriger, als durch das Fenster im Glaskorridor zu steigen. Hier gibt es keine breite Fensterbank, auf die ich mich stellen kann. Die Garderobenfenster haben nur einen schmalen Sims, der meinem Fuß kaum Halt bieten kann.

Dennoch werde ich es versuchen.

Ich wähle das Fenster neben der Regenrinne, die vom Dach bis zum Boden führt. Mühsam hieve ich mich auf den Sims, doch wie ich vermutet habe, ist er zu schmal, um darauf zu stehen. Leise fluchend und gefährlich schwankend versuche ich vergeblich, mich an dem glatten Metallrohr festzuhalten.

Noch immer schwankend ziehe ich die Krawatte von meiner Hüfte, schlinge sie durch eine Schelle der Regenrinne und halte mich an ihr fest. Dadurch kann ich etwas leichter auf dem Sims balancieren.

Jetzt, wo ich nicht mehr so sehr wackele, strecke ich meine Arme nach oben, dehne jeden einzelnen Muskel, damit ich die Kante des Flachdachs zu fassen kriege.

»Du hast nur eine Chance«, flüstere ich mir zu. Wenn ich beim ersten Versuch scheitere, werde ich höchstwahrscheinlich das Gleichgewicht verlieren und rückwärts runterfallen.

Ich verbanne jeden Gedanken daran, dass ich mit dem Kopf gegen den Beton knallen und mir alle Knochen brechen könnte.

Ich lasse die Krawatte los, umklammere den Rand

des Daches mit beiden Händen und stoße mich mit aller Kraft ab. Meine Füße hängen einen Moment lang in der Luft, dann finden meine Zehen am Fensterrahmen Halt.

Es gelingt mir, mich mit dem Oberkörper über die Dachkante zu ziehen. Ich kippe nach vorne und lande auf dem Bauch. Als ich mich auf dem Dach wankend aufrapple, durchströmt mich ein Glücksgefühl.

Einen Moment lang stehe ich mit blutenden Händen da und koste meinen Erfolg aus. Dann wird mir plötzlich bewusst, dass ich hier oben ein leichtes Ziel abgebe, und werfe mich hastig auf die Knie. Das flache Dach ist dreckig, übersät von toten Blättern und schlaffen Fußbällen. Seltsamerweise liegt hier auch ein einzelner Nike-Schuh. Ich greife über die Dachkante, um meine Krawatte loszumachen. Dann schleiche ich geduckt zu dem Fenster, das mir von unten aufgefallen ist. Dummerweise ist es noch kleiner, als ich dachte.

Passe ich da überhaupt durch? Das werde ich nur herausfinden, wenn ich es ausprobiere.

Wieder einmal habe ich keine große Wahl.

Ich versuche, meine Finger durch den schmalen Spalt unter dem Fenster zu schieben, um es hochzudrücken, aber es klemmt. Also hole ich den kleinen

Beitel heraus. Das dünne Ende gleitet problemlos in die Lücke, passt perfekt.

Dann drücke ich so fest ich kann gegen den Griff des Beitels, und tatsächlich hebt sich das Fenster ein wenig. Ich lasse den Beitel fallen, denn nun passen meine Finger in den Spalt. Mit aller Kraft schiebe ich es ein Stück hoch, noch ein Stück und noch eins. Dann klemmt es wieder und bewegt sich nicht einen Zentimeter.

Nervös beiße ich mir auf die Innenseite der Wange und starre den Spalt an. Er ist nun breiter als vorher, aber ich bin mir nicht sicher, ob ich tatsächlich hindurchpasse.

Los geht's!

Ich schiebe meine Werkzeugtüte durch die Öffnung und lasse sie auf der anderen Seite sachte auf den Boden fallen. Dann klettere ich hinterher, mit dem Kopf voran. Der Spalt ist schmal, und schon überkommt mich die Panik. Ich schaffe es, meine Schultern hindurchzuzwängen, und plötzlich bin ich zur Hälfte drin.

Ich lege die Hände auf das kalte weiße Porzellan des Wasserkastens unter mir und hole tief Luft. Dann fange ich an, mich hin und her zu winden, um den Rest meines Körpers durch die enge Öffnung zu pressen.

Aber nichts passiert.

Obwohl ich mich strecke, drücke und ziehe, komme ich nicht weiter. Es ist wie in einer Slapstick-Komödie, nur finde ich es überhaupt nicht lustig.

Ich bin wie der Korken einer Flasche.

Ich stecke fest.

ELF

Ich bin, wie gesagt, ein Feigling und habe Jamie nie etwas von meinem Verdacht gesagt. Aber in den folgenden Wochen durchforstete ich täglich die Lokalzeitung, um zu sehen, ob die Person, die Dr. Zeelanders Wagen demoliert hatte, geschnappt worden war. Beinahe hätte ich in unserem kleinen Supermarkt Hausverbot bekommen, weil ich immer nach der Schule dort war, die Zeitung durchblätterte und jede Seite genau studierte – aber nichts kaufte.

Über Dr. Zeelander las ich jedoch nie wieder etwas und schließlich versuchte ich, die ganze Sache zu vergessen. Aber in den tiefsten, dunkelsten, verborgensten Winkeln meines Bewusstseins, den Winkeln, in die wir uns bei Tageslicht nie hineinwagen würden, hatte sich die Überzeugung festgesetzt, dass es Jamie war. Er war mit dem Vorsatz, sich zu rächen, zur Praxis zurückgekehrt und hatte seine Wut auf Dr. Zeelander an ihrem Auto ausgelassen.

Tagsüber konnte ich mit diesen schrecklichen Gedanken erstaunlich gut leben, indem ich mich ablenkte und sie einfach verdrängte. Doch nachts drangen sie erbarmungslos wieder an die Oberfläche und hielten mich über Stunden wach.

Ich wollte es nicht wahrhaben.

Aber das half nichts.

Und was tat ich?

Nichts.

Was hätte ich auch tun sollen?

Ich hatte keine Beweise, und Jamie war mein Zwillingsbruder, den ich liebte und brauchte. Er war der einzige Mensch, auf den ich zählen konnte, wenn auch seltener als früher. Ich klammerte mich hartnäckig an ihn, weil ich sonst niemanden hatte.

Einen Tag nachdem ich den Zeitungsartikel gelesen hatte, fragte ich Jamie: »Was machen wir denn jetzt?« Natürlich erwähnte ich den Artikel mit keinem Wort. Eher hätte ich mir die Zunge abgebissen. Ich sagte auch nichts zu dem Vorfall in Dr. Zeelanders Praxis, da ich instinktiv wusste, dass Jamie nicht darüber reden würde.

»Wie bitte?«, erwiderte er höflich, als sei ich irgendeine Fremde, die ihn auf der Straße angesprochen hatte. »Was wir machen sollen?«

Ich starrte ihn verdattert an. »Na ja, wegen Mum.«

Jamie presste sich die Finger an die Schläfen, als habe er Kopfschmerzen. »Wie oft haben wir schon darüber gesprochen, Mia?«, fragte er übertrieben freundlich. »Aber wenn du willst, gehen wir noch einmal alle Möglichkeiten durch, ja? Also: Wir könnten zum Beispiel beim Jugendamt anrufen …«

»Nein, Jamie!«

Das Jugendamt hatte keine Ahnung von unseren Problemen, weil wir in den letzten elf Jahren bei Opa ein relativ normales Leben geführt hatten. Und ich war mir auch nicht sicher, ob sie uns wirklich ernst nehmen würden. Es war ja nicht so, dass Jamie und ich nicht selbst auf uns aufpassen konnten oder dass Mum uns Gewalt angetan hätte. Zumindest nicht körperlich. Sie schrie ziemlich viel rum und warf mit Gegenständen um sich, aber sie hatte uns noch nie geschlagen. Wir hatten zu essen und ein Dach überm Kopf.

Außerdem nagte eine schreckliche Angst an mir: Wenn wir das Jugendamt einschalten würden, könnte man uns auseinanderreißen.

Jamie seufzte. »Wovor hast du bloß solche Angst, Mia?«

»Ich will nicht ins Heim!«, schrie ich. Mir schossen Tränen in die Augen und ich musste heftig schlucken und blinzeln, um sie zurückzuhalten, denn Jamie verabscheute es, wenn ich Schwäche zeigte. »Das Risiko kann ich nicht eingehen.«

»Ist ja gut«, gab Jamie nach. »Trotzdem musst du härter werden, Mia. Im Augenblick würdest du im Heim keine fünf Minuten alleine durchhalten.«

»Aber ich wäre doch nicht alleine«, sagte ich hastig. »Du wärst ja bei mir.«

Wieder dieser seltsame, rätselhafte Ausdruck auf Jamies Gesicht.

»*Ich* werde nicht ins Heim gehen«, sagte er mit beängstigender Gewissheit. Seine Augen waren so schwarz und undurchdringlich wie der Nachthimmel, als er den Blick von mir abwandte. »Und was ist mit Mrs Francis?«

»Der Schulpsychologin?«

»Ja.«

Allein der Gedanke ließ mich schaudern. »Ich will nicht, dass jemand aus der Schule erfährt, was mit Mum los ist.«

Damit meinte ich die anderen Kinder. Ich konnte mir gut vorstellen, welche blöden Kommentare sie dann ablassen würden. Einige der Lehrer wussten über unsere Situation Bescheid, aber ich hatte ihnen nicht erzählt, dass Opa gestorben war. Jamie wohl auch nicht. Also mussten sie annehmen, dass bei uns zu Hause noch alles in Ordnung war.

»Dann gibt es nur eine Möglichkeit: Wir müssen Mum zum Arzt bringen, damit sie eine Therapie macht«, sagte Jamie ungeduldig. »Und selbst wenn der Arzt das Jugendamt informieren sollte, wird nichts Drastisches passieren, denn mit den Pillen wird Mum wieder gut drauf sein. Diesmal gehen wir aber nicht zu dieser unfähigen Zeelander-Kuh.« Er lächelte kalt und geheimnisvoll vor sich hin, und ich musste wegsehen. »Such uns einen anderen Arzt.«

»Aber Mum wird nicht zum Arzt gehen, und damit sind wir wieder am Anfang«, sagte ich in diesem mutlosen, weinerlichen Ton, der Jamie wahnsinnig machte, doch ich konnte nicht anders.

Jamie schüttelte den Kopf. »Nein, sind wir nicht.« Seine Fingerknöchel traten weiß hervor und verrieten seine innere Anspannung. »Denn dieses Mal machen wir es anders.«

»Und wie?«

»Ich weiß es nicht«, sagte er mit unnatürlich ruhiger Stimme. »Das muss ich mir noch überlegen. Vielleicht ist das unsere letzte Chance, es darf also nichts schiefgehen.«

Mir stockte der Atem. Es kam mir vor, als würde ich in einen dunklen, luftlosen Tunnel fallen, der kein Ende hatte.

»Du machst mir Angst, Jamie.« Jetzt konnte ich

die Tränen nicht länger zurückhalten. »Sag mir endlich, was du vorhast!«

Jamie antwortete nicht. Ich war mir nicht mal sicher, ob er mich gehört hatte.

»Du machst doch nichts, bevor du es mit mir besprochen hast, oder?«, stammelte ich, als er sich zur Tür wandte. »Versprichst du mir das, Jamie? Versprich mir das!«

Meine Worte hingen noch in der Luft, als er das Zimmer verließ. Er hatte mir nichts versprochen. Er hatte nichts mehr gesagt.

Jamies Andeutungen brachten mich zur Verzweiflung. Ich hatte zwar keine Ahnung, was er vorhatte, aber ich vermutete, dass er etwas Verrücktes, Waghalsiges plante, womit er uns alle in Gefahr bringen würde – auch sich selbst.

Wie sollte ich ihn bloß daran hindern?

Ich tat alles Erdenkliche, damit Mum endlich zum Arzt ging. Ich bettelte und flehte und weinte, aber es nützte nichts. Mum schien eine regelrechte Phobie vor Ärzten und Kliniken und Praxen zu haben. Ich weiß nicht, wieso. Auf jeden Fall konnte ich sie mit keinem meiner Argumente umstimmen.

Irgendwann war ich fast so weit, Ms Kennedy um Hilfe zu bitten. An einem Freitag, kurz nach den Herbstferien, bat sie mich, nach der Englischstunde dazubleiben. Als alle gegangen waren, legte sie einen Flyer auf das Pult.

Schreibwettbewerb für junge Autor/-innen

Gewinnt wertvolle Büchergutscheine
für euch und eure Schule!

Ich kann mich noch gut daran erinnern, dass ich verwirrt zu Ms Kennedy aufgeschaut habe.

»Das zeige ich nur einer kleinen Auswahl an Schülern«, sagte sie mit einem Lächeln auf den Lippen. Sie nickte mir aufmunternd zu. »Du bist eine von ihnen, Mia. Du weißt ja, für wie begabt ich dich halte. Du solltest dich unbedingt anmelden.«

Ich griff nach dem Flyer, las ihn aber nicht gleich. Stattdessen betrachtete ich Ms Kennedy. Sie war so schön und strahlte so, dass ich mir neben ihr farblos, langweilig und einfältig vorkam.

Eines Tages würde sie garantiert schöne und intelligente Kinder haben. Sie würde die perfekte Mutter sein, liebevoll, fürsorglich und einfühlsam und sich für alles interessieren, was ihre Kinder sagten oder taten. Ich fragte mich, wie es wäre, wenn ich eine Mutter wie sie hätte. Jemanden, dem ich mich anvertrauen könnte.

»Also, Mia, was denkst du darüber? Du hättest noch viel Zeit. Der Abgabetermin ist erst in ein paar Wochen.«

Plötzlich war der Wunsch, ihr alles zu erzählen, verflogen. Daher senkte ich den Blick auf den Flyer in meiner Hand.

Schreibe einen Aufsatz mit höchstens
tausend Wörtern zum Thema:
**»Mein Leben und die Menschen,
die mir am meisten bedeuten«**

Ich betrachtete den Wettbewerb als willkommene Herausforderung, aber nicht, weil ich gewinnen wollte, sondern weil er mich von den täglichen Kämpfen mit Mum und Jamies finsteren Plänen ablenkte.

Und als der Aufsatz fertig war, wusste ich, was zu tun war.

Während ich mich Nacht für Nacht in meinem Bett hin und her gewälzt hatte, war mir klar geworden, dass es einen Menschen gab, der uns vielleicht helfen würde, ohne eine Gegenleistung zu verlangen oder uns zu schaden. Das würde nicht leicht sein, aber ich setzte meine ganze Hoffnung darauf.

Jamie und ich wussten nichts über unseren Vater, nicht einmal seinen Vornamen. Wir hatten auch nie versucht, etwas über ihn herauszufinden. Doch nachdem ich mir genau das in den Kopf gesetzt hatte, erwies es sich als erstaunlich einfach.

Wann immer Mum bis in die Nacht feierte – Jamie fehlte inzwischen genauso oft wie sie –, durchkämmte ich fieberhaft jedes Zimmer nach Hinweisen auf meinen Vater. So hatte ich wenigstens noch etwas anderes zu tun, als ängstlich herumzusitzen und auf die beiden zu warten.

Das Wenige, was ich über ihn wusste, hatte ich mir aus ein paar unbedachten Äußerungen von Opa und Mum zusammengereimt. Ich wusste, dass er wie Mum ursprünglich aus Birmingham stammte und dass sie nach der Hochzeit nach London gezogen waren. Sie hatten sich scheiden lassen, und mein Vater hatte die Stadt wieder verlassen. Das war alles. Doch um ihn ausfindig zu machen, würde ich zumindest seinen vollen Namen brauchen.

Es dauerte ein paar Wochen, aber als ich eines Abends den antiken Mahagonisekretär durchwühlte, der Opa gehört hatte, fiel mir das, wonach ich suchte, buchstäblich in den Schoß. Aus einem alten Adressbuch rutschte ein zerknittertes, aber nichtsdestoweniger amtlich aussehendes Blatt Papier heraus, und als ich es in die Hand nahm, sprang mir mein eigener Name ins Auge: *Mia Katherine Jackson*.

Ich hatte dieses Dokument noch nie zuvor gesehen, aber es war klar, dass es sich um meine Geburtsurkunde handelte. Mit zittrigen Fingern glättete ich das Papier und hoffte inständig, dass der Name meines Vaters darauf vermerkt worden war.

Und so war es.

Vorname und Nachname des Vaters:
Leo Dominic Jackson

Beruf des Vaters: Grafiker

Dem folgte eine Adresse in London. Ich nahm an, dass Mum dort gewohnt hatte, als Jamie und ich geboren wurden. Zu diesem Zeitpunkt hatte mein Vater London bereits verlassen.

Vielleicht war er inzwischen dorthin zurückgekehrt. Ich hoffte es nicht, denn für ein Ticket nach

London hätte ich mindestens zehn Jahre lang sparen müssen.

Aber vielleicht war er ja auch wieder in seine Heimatstadt Birmingham gezogen, wie Mum es getan hatte.

Auf jeden Fall würde ich beide Möglichkeiten abklopfen.

Jamie erzählte ich nichts von meinem Vorhaben. Ich wollte ihm beweisen, dass ich fähig und stark genug war, unsere Probleme anzupacken. Ich wollte, dass er stolz auf mich war.

Vielleicht fürchtete ich mich auch insgeheim davor, dass die Aktion in einer totalen Katastrophe enden könnte.

Von nun an verbrachte ich unzählige Stunden in der Bibliothek und schrieb mir die Adressen und Telefonnummern aller L. D. Jacksons heraus, die in London oder Birmingham gemeldet waren. Das kostete mich einige Wochen. Dann verkaufte ich ein paar von Opas schönen, hauchzarten Porzellanschalen an einen Secondhandshop, weil ich Geld für die vielen Telefonate brauchte. Das tat mir im Herzen weh, aber ich sah keine andere Möglichkeit.

Immer wenn Mum und Jamie außer Haus waren, ging ich zur Telefonzelle am Ende unserer Straße und wählte die nächste Nummer auf meiner Liste.

»Hallo. Ich suche einen Leo Dominic Jackson.«

»Tut mir leid, hier wohnt keiner, der so heißt.«

Während der Weihnachtsferien arbeitete ich die Londoner Liste ab, dann nahm ich mir die Nummern in Birmingham vor. Mir war klar, dass Leo Jackson überall sein konnte. Vielleicht war er ausgewandert, vielleicht war er schon tot. Aber zumindest hatte ich das Gefühl, dass ich die Sache anpackte.

Im Januar, als die Schule wieder begonnen hatte und ich langsam die Hoffnung verlor, ihn jemals zu finden, wählte ich eine Nummer, die zu einer Adresse am anderen Ende der Stadt gehörte.

»Leo ist im Augenblick leider nicht da«, sagte eine weiche Frauenstimme mit amerikanischem Akzent. »Kann ich ihm etwas ausrichten?«

Ich legte auf, denn plötzlich wurde mir schlecht. Mir war schummrig im Kopf und ich hatte Angst, ohnmächtig zu werden. Ich musste mich an den Wänden der Telefonzelle abstützen.

Bis zu diesem Moment hatte ich mich, so verrückt es auch klingen mag, nur darauf konzentriert, wie ich Mum helfen und Jamie zeigen konnte, dass es einen Weg aus unserem Dilemma gab. In meinem Vater sah ich dabei die Lösung für all unsere Probleme. Ich hatte nicht ernsthaft darüber nachgedacht, wie es sein würde, ihm zum ersten Mal zu begegnen.

Und nun hämmerte mein Herz so fest gegen meine Rippen, dass es wehtat, mein Magen verkrampfte sich, und meine Nerven waren kurz vorm Zerreißen.

Die Reaktion meines Körpers war schon schlimm genug, aber noch mehr schlauchten mich meine widersprüchlichen Gefühle: Panik und Freude durchströmten mich, ich war vor Furcht wie gelähmt und brodelte gleichzeitig vor Energie.

Am nächsten Samstag stahl ich mich aus dem Haus, um quer durch die Stadt zu Leo Jackson zu fahren. *The Pines*, Gladstone Road. Es war ein frostiger Tag, und die Busfahrt dauerte eine Ewigkeit. Aber ich war so in Gedanken, dass ich die Entfernung gar nicht wahrnahm.

Ich hatte keinen Plan. Keine Ahnung, was ich Leo Jackson sagen sollte. Ich wusste nicht einmal, ob ich den Mut aufbringen würde, an seine Tür zu klopfen. Leo Jackson hatte offensichtlich eine Frau oder eine Freundin – vielleicht hatte er ja auch noch andere Kinder. Meine Halbgeschwister.

Wusste Leo Jackson eigentlich, dass Jamie und ich existierten? Falls ja, warum hatte er sich dann all die Jahre nicht gemeldet?

Falls nicht, bekäme er gleich den Schock seines Lebens.

Ich war noch nie zuvor in der Gladstone Road gewesen. Hier gab es nur frei stehende, riesige, makellose Häuser mit langen Auffahrten und gepflegten Gärten. Neue BMWs, Jaguars und Mercedes lauerten vor den Garagen wie Bodyguards.

Das Haus mit dem Namen *The Pines* lag zwischen *The Firs* und *The Beeches*. Ich stand am Rand des Grundstücks und blickte zum Haus hinauf. Die edlen Vorhänge an den Fenstern, der japanisch anmutende Vorgarten mit dem kleinen Teich und der dekorativen rot-schwarzen Brücke darüber, das elektrische Tor, der glänzende schwarze Mercedes und der nagelneue rot-weiße Mini, der dahinter parkte – all das schrie förmlich: Sieh her! Ich hab's geschafft! Ich bin reich!

Mir war schlecht vor Anspannung. Aber ich hatte meine Zweifel, ob ich mich bei Leo Jackson beliebt machen würde, wenn ich auf seine makellose Auffahrt kotzte. Sollte ich lieber verschwinden? Was wollte ich hier? Warum hatte ich mir keinen Plan zurechtgelegt? Hatte ich gedacht, ich brauchte einfach nur zur Tür gehen und klopfen? Und wie trat man seinem Vater nach vierzehn Jahre gegenüber? Gab es da irgendwelche Verhaltensregeln?

Mir war das alles zu viel.

Ich musste erst mal darüber nachdenken.

Mit weichen Knien trat ich einen Schritt zurück.

»Entschuldigung, kann ich dir helfen?«

Ich fuhr herum. Einen Augenblick lang dachte ich irrsinnigerweise, dass der Mann mit der Zeitung unterm Arm Jamie war. Ich sah das gleiche Haar, es fiel ihm ebenfalls in die Stirn, die dunklen Augen und die große, schlanke Gestalt. Ich sah Jamie, und ich sah mich. Und ich verstand.

Das war mein Vater.

Der höfliche, neugierige Ausdruck auf Leo Jacksons Gesicht verwandelte sich in Fassungslosigkeit, und innerhalb weniger Sekunden wich alle Farbe aus seinen Wangen. Auch er hatte sofort begriffen, wen er vor sich hatte. Also wusste er von Jamie und mir.

Wir standen einander gegenüber und starrten uns schweigend an. Zweimal räusperte er sich, aber ihm kam kein Wort über die Lippen. Doch schließlich schaffte er es.

»Bist du Mia?«

»Ja.«

»Macht es dir was aus, wenn wir ein Stück vom Haus weggehen?«

Leo, mein Vater, streckte die Hand aus, um mich am Arm zu fassen, überlegte es sich dann aber anders. Er wollte mich nicht berühren, und das war mir nur recht.

»Meine Frau ... sie weiß nichts, verstehst du?«

Schweigend folgte ich ihm bis zum Ende der Straße. Alles in mir war taub, als steckte ich in einem Eisblock. Wir blieben erst stehen, als das Haus nicht mehr zu sehen war.

»Wie geht es deiner Mutter?«, fragte Leo mich nervös. »Hat sich ... ihr Zustand verbessert?«

Jetzt wurde mir klar, warum Leo Mum verlassen hatte. Ihre Krankheit hatte ihn wahrscheinlich so sehr belastet, ihn so verzweifelt gemacht, dass er geflohen war, um ein neues Leben zu beginnen. Aber was war mit Jamie und mir? Er hatte uns zurückgelassen, ohne sich groß Gedanken zu machen, was aus uns werden würde.

»Nicht wirklich«, erwiderte ich mit leicht belegter Stimme. Äußerlich war ich erstaunlich ruhig. Es kam mir so vor, als stünde ich selbst neben mir und würde beobachten, wie ich mich höflich mit dem Mann unterhielt, der zufällig mein Vater war. »Es wurde besser, als wir bei Opa einzogen, weil er sie überreden konnte, zum Arzt zu gehen. Aber dann ist Opa gestorben ...«

»Also hat er es tatsächlich gemacht«, sagte Leo mehr zu sich selbst. »Und sie schließlich gefunden.«

»Was meinst du damit?«, fuhr ich ihn an. Jetzt hörte man meiner Stimme die Aufregung an.

Plötzlich lechzte ich nach jedem Detail, wollte von meinem Vater alles hören, was er wusste.

»Deine Mutter und ich haben uns getrennt, bevor wir wussten, dass sie schwanger war«, sagte Leo. Es war ihm anzusehen, wie unbehaglich er sich fühlte, als ob ihn mein Gefühlsausbruch aus dem Gleichgewicht gebracht hätte. »Sie nahm später Kontakt mit mir auf und erzählte mir, dass sie Zwillinge erwartete. Und dass sie euch Mia und Jamie nennen würde.«

Ich blieb stumm.

»Die Sache war die: Ich hatte einen Traumjob in den Staaten in Aussicht …« Leos Stimme zitterte ein wenig. »Ich wollte unbedingt dahin, aber ich hatte ein schlechtes Gewissen, sie allein zurück…«

»Du hättest uns mitnehmen können!«, unterbrach ich ihn. Ich spürte Wut und Bitterkeit in mir aufsteigen.

Mein Vater schüttelte den Kopf. »Es war aus, Mia.«

»Obwohl du wusstest, dass sie mit uns schwanger war?« In diesem Moment spürte ich abgrundtiefen Hass. Zum ersten Mal wurde mir bewusst, dass ich zu solchen Gefühlen überhaupt fähig war. Aber wahrscheinlich ist das jeder, *wenn er nur stark genug provoziert wird.*

»Ich konnte nicht mehr zurück.« Mein Vater verschränkte die Hände ineinander, und seine Knöchel traten weiß hervor. Die langen, schlanken Finger und die ovalen Nägel hatten Jamie und ich ebenfalls von ihm. »Doch ich konnte auch nicht einfach verschwinden. Ich war Annabels Eltern nie begegnet, weil sie sich mit ihnen zerstritten hatte. Sie waren damals nicht einmal zu unserer Hochzeit gekommen. Ich machte sie ausfindig, erzählte ihnen, was geschehen war, und gab ihnen Annabels Adresse in London. Da war sie allerdings schon weggezogen.«

»Opa hat nicht aufgegeben«, sagte ich leise. »Wir sind mehrmals umgezogen, aber er suchte weiter und schließlich fand er uns. Währenddessen bist du auf und davon in die USA und zu deinem tollen neuen Job.«

Einen Moment lang flackerte Wut in seinen Augen auf, was mich an Jamie erinnerte, aber er verzog dabei keine Miene.

»Es war nicht leicht, Mia«, sagte er gepresst. »Auch wenn es den Anschein hat. So was ist immer kompliziert, glaub mir.«

Wir schwiegen beide eine Weile.

Ich hatte so viel im Kopf, so viele Fragen, über die ich erst im Stillen nachdenken musste. Ich wusste einfach nicht, wo ich anfangen sollte, nach all den Jahren der Vernachlässigung und des Elends. Es gab zu viel zu sagen und zu wenige Worte, um es auszudrücken. Ich bin nicht nur körperlich feige, sondern auch in

Gefühlsdingen, und es kam mir auf einmal vollkommen unmöglich vor, auch nur den Versuch zu machen, irgendeine Art von Beziehung zu ihm aufzubauen.

Wollte ich das überhaupt?

Und Leo?

»Warum hast du nach mir gesucht?«, brach Leo schließlich das Schweigen.

Aus meiner Sicht hatte ich nichts mehr zu verlieren.

»Wir brauchen Hilfe«, sagte ich leise. Das entsprach der Wahrheit – wir brauchten dringend konkrete Hilfe –, aber inzwischen fragte ich mich, ob die emotionalen Belastungen, die ich bisher geflissentlich außer Acht gelassen hatte, kein zu hoher Preis dafür waren. »Seit Opa tot ist, wird es mit Mum immer schlimmer …«

Auch wenn es mich nicht überraschte, machte es mich traurig, dass Leo Jackson regelrecht in Panik geriet und das, noch bevor ich überhaupt ausgeredet hatte.

»Was meinst du mit *Hilfe*?« Er musste erst mal schlucken, bevor er weitersprechen konnte. »Wenn ihr Geld braucht …«

Ich hätte mir natürlich denken können, dass er uns Geld anbieten würde. Jemand wie er, der offensichtlich eine Menge davon hatte, nahm wahrscheinlich automatisch an, dass ein dicker Scheck der schnellste und einfachste Weg war, uns wieder loszuwerden.

»Geld wäre nützlich«, antwortete ich aufrichtig, »aber deshalb bin ich nicht hier. Mum muss unbedingt in ärztliche Behandlung und ihre Medikamente nehmen. Sie sollte am besten wieder zu dem Therapeuten gehen, bei dem sie war, als Opa noch lebte. Vielleicht könntest du ja mal vorbeikommen und mit ihr reden?«

Leo Jackson riss entsetzt die Augen auf. »Nein, auf gar keinen Fall!« Er wirkte so außer sich, dass ich unter anderen Umständen sicher Mitleid mit ihm gehabt hätte. »Ich ... meine Frau weiß nichts von dir und Jamie. Und ich kann es ihr auch nicht sagen. Wenn sie herausfindet, dass ich sie belogen habe, wird sie mich vielleicht verlassen und die Kinder mitnehmen ...«

Also hatte ich tatsächlich Halbgeschwister. Und nach dem Haus zu urteilen, schienen sie ein perfektes Leben zu haben, mit einer Mutter und einem Vater, die sie liebten.

»Vielen Dank für deine Unterstützung!«, sagte ich mit kalter Stimme, während ich meine Tränen eisern zurückhielt. »Es tut mir leid, dass ich dich belästigt habe.«

Ich wandte mich um und rannte los. Erst jetzt ließ ich meinen Tränen freien Lauf.

»Mia!«, rief mir mein Vater hinterher. »Bleib stehen! Wir können darüber reden. Ich gebe dir Geld. Du musst mir nur sagen, wie viel du brauchst …«

Schweigegeld, dachte ich verächtlich. Um seine Haut zu retten.

Als ich die nächste Straßenecke erreichte, nahm ich eine Gestalt wahr, die dort auf der Gartenmauer saß. Durch den Tränenschleier sah ich sie nur verschwommen. Daher hätte ich vor Schreck fast geschrien, als eine Hand vorschoss und mich am Arm packte.

»Mia, alles okay?«

Es war Jamie!

»Was … was machst du denn hier?«, stieß ich hervor und versuchte hastig, meine Tränen zu verbergen, doch natürlich konnte ich ihm nichts vormachen.

Jamie zuckte die Achseln. »Ich passe auf dich auf, wie immer.« Sein Blick wanderte suchend die Straße hinauf. »Er ist weg, Mia.«

Ich drehte mich um und sah zurück zu der Stelle, an der mein Vater und ich eben noch gestanden hatten. Da war niemand. Leo hatte es nicht einmal für nötig gehalten, mir nachzulaufen. Das verletzte mich zutiefst. Aber was hatte ich auch anderes erwartet? Es war schließlich nicht das erste Mal, dass Leo Jackson mich im Stich gelassen hatte.

Jamie hob die Hand, um mir eine Strähne aus dem

nassen Gesicht zu streichen, überlegte es sich jedoch anders – genau wie mein Vater es getan hatte. Abrupt wandte er sich von mir ab und schob beide Hände in die Hosentaschen.

»Wann lernst du's endlich, Mia?«, sagte er müde. »Hör auf, nach Leuten zu suchen, auf die du dich stützen könntest. Der einzige Mensch, auf den du bauen kannst, bist du selbst. Leo Jackson hat Mum verlassen, und er hat uns verlassen. Ja, vielleicht hatte er gerade eben Gewissensbisse, aber sonst kümmert er sich doch einen Dreck um uns. Von ihm kannst du nichts erwarten.«

»Er hat Angst, dass seine Frau von uns erfährt.« Ich fühlte mich erschöpft, völlig ausgelaugt und hätte mich gerne an ihn gelehnt. Aber nachdem er die Hand weggezogen und sich von mir abgewandt hatte, wollte ich es nicht riskieren, noch einmal von ihm abgewiesen zu werden. »Er glaubt, sie würde ihn verlassen und die Kinder mitnehmen.«

»Das geschähe ihm recht.« Jamies Miene war unbarmherzig kalt. »Er soll ruhig erfahren, wie es ist, wenn man verlassen wird. Er hat nichts anderes verdient.«

Seine Worte machten mir Angst. Nach unserem Besuch bei Dr. Zeelander hatte er etwas ganz Ähnliches gesagt.

Eine Woche später zog es mich noch einmal in die Gladstone Road. Warum, weiß ich nicht. Vielleicht hatte ich eine dumpfe Ahnung, dass etwas Schlimmes passieren könnte. Jamie erzählte ich nichts davon. Insgeheim hatte ich in den letzten Tagen gehofft, dass mein Vater sich mit mir in Verbindung setzen würde – Opas Adresse kannte er ja. Doch er tat es nicht.

The Pines war nicht mehr wunderschön und makellos. Eine Seite des Hauses war rußgeschwärzt, die Fenster waren zerborsten. Der Vorgarten war verwüstet, und die rot-schwarze Brücke lag in acht Stücke zerteilt im niedergetrampelten Gras. Der Mercedes und der Mini waren verschwunden.

Ich blieb am Tor stehen und starrte auf diesen Ort der Zerstörung, aber ich war nicht wirklich überrascht. Ich musste mich an den Eisenstäben des Tors festhalten, weil mir plötzlich schwindlig wurde. Ich wusste Bescheid.

»Geht es dir nicht gut, Liebes?«

Es kostete mich viel Kraft, meinen Kopf zu drehen und nachzusehen, wer mich angesprochen hatte. Auf dem Nachbargrundstück, *The Beeches,* kniete eine ältere Frau vor einem stilvollen Blumenbeet und zupfte Unkraut. Sie musterte mich besorgt.

»Doch, alles … alles in Ordnung.« Meine Kehle war trocken, die Zunge wie angeschwollen und ich bekam die Worte nur stockend heraus. »Ist ... ist jemand verletzt worden? Bei dem Brand?«

»Nein, sie konnten sich alle rechtzeitig in Sicherheit bringen, mach dir keine Sorgen.« Die Frau sah mich mitfühlend an. »Sie sind in ein Hotel gezogen, bis die Versicherung hier aufgeräumt und den Fall geklärt hat. Kanntest du die Familie?«

»Nein«, erwiderte ich hastig. »Na ja, flüchtig. Weiß man schon, was die Brandursache war?«

»Nein, noch nicht.« Die Frau schien zu zögern, ob sie mir noch mehr sagen sollte, und ich konnte es ihr nicht verübeln. Ich muss wie eine Irre ausgesehen haben, als ich leichenblass und mit weit aufgerissenen Augen den Zaun umklammerte, als hätte ich Angst, dass ich sonst hinfallen und in tausend Teile zerspringen würde.

Für mich war der Fall klar: Jamie hatte erneut seinen Frust und Zorn an den Menschen ausgelassen, die uns abgewiesen und im Stich gelassen hatten. Wie weit würde er noch gehen? So wie es aussah, gab es für ihn keine Grenzen mehr.

Als ich *The Pines* an jenem Tag wie betäubt hinter mir ließ und nach Hause zurückkehrte, kreisten meine Gedanken um Mum und mich und die Frage, welche düsteren Taten Jamie als Nächstes geplant hatte.

ZWÖLF

MONTAG, 10. MÄRZ, 9.50 UHR

Ich habe so viel Angst wie noch nie in meinem Leben. Ich stecke im Fenster fest und komme weder vor noch zurück. Mit dem Oberkörper hänge ich über der Toilette, mit dem Unterkörper hänge ich draußen in der Luft.

Wenn jetzt ein Polizist um die Ecke böge, sähe er nur meine zappelnden dürren Beine. Sicher ein lustiger Anblick, nur leider ist mir gar nicht zum Lachen.

Oh Gott, ich krieg keine Luft mehr!

Ich beginne zu hyperventilieren. Links und rechts von mir sind noch ein paar Zentimeter Platz, aber nicht unter und über mir.

Der Fensterrahmen gräbt sich in meine volle Blase, und jedes Mal, wenn ich eine Bewegung mache, schramme ich mir den Rücken an der Unterkante des klemmenden Fensters auf.

Dann habe ich die phänomenale Idee, mich zurück auf das Dach zu schieben. Also drücke ich mit aller

Kraft seitlich gegen den Fensterrahmen, aber es klappt nicht.

Jetzt bin ich mit meinem Latein am Ende – und stecke immer noch fest.

Ruhig, Mia!, befehle ich mir. Entspann dich! Es fällt mir nicht leicht, aber nach einer Weile wird meine Atmung ruhiger und meine Muskeln lockern sich. So, jetzt noch mal tief Luft holen und dann so fest schieben, wie du kannst.

Ich atme tief ein und spanne meine Bauchmuskeln so doll wie möglich an, dann ziehe ich noch einmal kräftig, und dieses Mal gleite ich ein Stück nach vorne.

Der dicke Bund meines Rocks und der Gürtel machen mich breiter, als ich bin, und verfangen sich am Fensterrahmen. Mit angehaltenem Atem schiebe ich meine Hände durch den engen Spalt, löse den Gürtel, ziehe ihn aus den Schlaufen und lasse ihn auf den Wasserkasten unter mir fallen. Als Nächstes nestele ich am Reißverschluss meines Rocks und schaffe es, ihn zu öffnen. Ich zapple so lange hin und her, bis mir der Rock in die Kniekehlen rutscht, wo er hängen bleibt.

Ohne Gürtel und Rock habe ich ein paar Millimeter mehr Platz. Als ich wieder versuche, mich vorwärtszuschieben, funktioniert es tatsächlich. Es tut weh und ich komme nur langsam voran. Stückchen für Stückchen quetsche ich mich durch das Fenster, dann lasse ich mich vorsichtig vom Wasserkasten auf den Klodeckel herab.

Als ich meine Beine nachziehe, rutscht mein Rock zu den Fußknöcheln und ich bekomme ihn gerade noch zu fassen, bevor er draußen aufs Dach fallen kann.

Ich hab es geschafft! Das war knapp, verdammt knapp. Meine Blase ist kurz vorm Platzen, aber zum Glück bin ich hier am richtigen Ort.

Ich ziehe meinen Rock an und verriegele die Klotür, damit mich niemand überraschen kann, während ich mit heruntergelassenem Slip auf dem Klo sitze und pinkele. Der Strahl ist so laut, dass ich ihn kurz anhalte und angespannt lausche, ob mich vielleicht jemand gehört hat.

Gleich werde ich mich auf den Weg zur 9 d machen. Was wird mich dort wohl erwarten?

Völlig in Gedanken versunken lange ich nach der Spülung, doch dann wird mir gerade noch rechtzeitig bewusst, wie idiotisch das wäre. Als ich nach der Tüte greife, schlagen die Werkzeuge klimpernd gegeneinander.

Das lässt mich innehalten.

Wenn ich mich der Klasse 9 d nähere, darf ich absolut kein Geräusch machen, denn es geht um Leben und Tod.

Widerstrebend nehme ich die Werkzeuge aus der Tüte und lege sie auf den Wasserkasten. Nur den Hammer behalte ich, weil ich mich mit ihm wahrscheinlich am besten zur Wehr setzen kann. Ich überlege, ob ich ihn einfach in der Hand halten soll, entscheide mich aber dagegen. Das könnte zu aggressiv wirken.

Und wenn es Jamie ist, werde ich mich doch wohl nicht verteidigen müssen, oder?

Also lasse ich den Hammer wieder in die Tüte fallen und binde die Henkel erneut an meinem Gürtel fest.

Ich entriegele die Klotür und stoße sie auf – das Händewaschen muss ausnahmsweise ausfallen, ich habe schon genug Zeit verloren –, da höre ich ein Geräusch und mein Herz beginnt zu rasen.

Schritte.

Zwei Personen.

Suchen sie mich?

Sie bleiben vor dem Toilettenraum stehen.

Wer ist das? Freund oder Feind?

Unmöglich zu sagen.

Vorerst muss ich jeden für meinen Feind halten.

Blitzschnell treffe ich eine Entscheidung.

Erst will ich mich wieder in der Kabine einschließen, aber falls jemand nur aufs Klo will, würde ihn die verschlossene Tür vermutlich misstrauisch machen. Also ziehe ich sie mit dem Zeigefinger lautlos so weit zu, dass ich von draußen nicht zu sehen bin. Dann hole ich den Hammer wieder aus der Tüte und halte mich bereit.

Jetzt höre ich die Schritte einer Person.

Jemand betritt den Raum.

Meine Schläfen pochen, während ich bete, dass er nicht in meine Kabine kommt. Selbst wenn es sich um eine Geisel und somit um einen potenziellen Verbündeten handeln sollte, könnte er den Amokläufer mit einem Aufschrei, Schluchzen oder auf eine andere Weise auf mich aufmerksam machen. Jamie schießt vielleicht schon, bevor er sieht, dass ich es bin.

Und wenn es nicht Jamie ist, bin ich erst recht in Gefahr.

Meine Hand umschließt den Hammer noch fester. Ich bin entschlossen, erst zuzuschlagen und dann Fragen zu stellen.

Meine ist die dritte von fünf Kabinen. Ich höre, wie die Person stehen bleibt und die erste Tür aufzieht. Dann geht sie weiter zur zweiten.

Bittere Galle steigt in mir auf und ich muss lautlos schlucken, als ich mit dem Hammer aushole.

Jetzt ist sie in der zweiten Kabine, schließt die Tür und verriegelt sie. Ich wage es nicht, erleichtert aufzuatmen, aber ich nutze das Klacken des Riegels, um ungehört auf die Klobrille zu steigen, damit meine Füße nicht unter der Trennwand zu sehen sind.

Und dann kauere ich da wie ein Jäger, der seiner Beute auflauert. Aber bin ich wirklich der Jäger oder bin ich die Beute?

Neben mir ist es still. Wer auch immer da drin ist, kann viel besser lautlos pinkeln als ich. Doch plötzlich höre ich, wie etwas mit einem leisen Plumpsgeräusch zu Boden fällt. Vor Schreck kippe ich fast vom Klo.

Ich schaffe es gerade noch, mich festzuhalten. Dann begreife ich mit einem Anflug von Panik, dass der Person neben mir etwas runtergefallen ist. Und schon sehe ich, wie es unter der Trennwand durchrollt und eine Klopapierspur nach sich zieht. Die Klorolle bleibt genau vor meinem Toilettensitz liegen.

Schweiß tritt mir auf die Stirn, als ich den Spalt unter der Trennwand fixiere. Eine Hand erscheint, greift nach dem Klopapier und versucht, die Rolle zurückzuziehen. Ich muss mir fest auf die Unterlippe beißen, um nicht laut aufzuschreien.

Lass die verdammte Rolle einfach liegen, Herrgott noch mal!

Die Hand zieht weiter an dem Papier und erreicht damit nur, dass es sich noch weiter abrollt. Es ist die Hand eines Mädchens, das ist alles, was ich erkennen kann. Gehört es zur 9 d? Wer ist das Mädchen? Ich würde es so gerne fragen, aber das wäre zu riskant.

Wenn ich Pech habe, finde ich es sowieso gleich heraus. Vielleicht meint diese Idiotin ja, mitten in einem Amoklauf in die Nachbarkabine gehen zu müssen, um sich ihre Klorolle zurückzuholen.

Die zweite Person, die offensichtlich draußen gewartet hat, kommt nun herein. Ich höre Schritte. Sofort lässt das Mädchen das Papier los. Ich höre, wie es aus der Kabine stürzt, sich mehrfach flüsternd entschuldigt, dann das Murmeln von zwei Stimmen, die sich entfernen.

Hastig klettere ich von der Brille und luge durch den Spalt der Kabinentür, aber ich kann niemanden sehen.

Die Schritte auf dem Gang werden leiser. Sie verschwinden Richtung 9 d.

Das ist auch mcin Ziel.

Ich schlüpfe aus der Kabine und stelle mich an die Tür, die zum Flur führt. Einen Augenblick lang versuche ich, die Lage einzuschätzen. Hier im Anbau sind alle Jalousien unten, sodass ich vor den Scharfschützen draußen sicher bin. Zumindest im Moment noch.

Dennoch verstehe ich, warum die beiden geflüstert haben. Vielleicht sitzt bereits ein Schütze auf dem

Flachdach, zielt auf eins der Fenster um mich herum und wartet auf ein verdächtiges Geräusch.

Lautlos wie ein Mäuschen, leichtfüßig wie eine Katze und wachsam wie ein Raubvogel schleiche ich durch den Gang zur Klasse 9 d.

DREIZEHN

In der vergangenen Woche hatte die Spannung bei uns zu Hause immer mehr zugenommen. Sie hatte sich derart gesteigert, dass ich fast am Rande des Nervenzusammenbruchs stand und dröhnende Kopfschmerzen bekam, wenn ich nur die Haustür aufmachte. Meine letzte Hoffnung, dass Leo Jackson uns helfen würde, hatte sich zerschlagen. Jamie war konstant schlecht gelaunt und Mum war immer noch auf ihrem Höhenflug.

Es lag Gefahr in der Luft und ich wusste, dass sie von Jamie ausging.

Inzwischen hatte ich es aufgegeben, auf Mum einzureden, doch endlich zum Arzt zu gehen. Eigentlich hatte ich alles aufgegeben. Es gab ja auch nichts mehr, was ich tun konnte. Ich wurde das bedrückende Gefühl nicht los, dass mir die Zeit davonlief und Jamie schon heimlich seine Pläne in die Wege leitete. Ich hatte zwar keine Ahnung, was er vorhatte, aber so wie ich Jamie kannte, hatte ich allen Grund, mich zu fürchten. Mir blieb nichts anderes übrig, als hilflos abzuwarten.

Es war eine Woche voller Katastrophen, eine Woche, in der die Emotionen überkochten und ich schließlich begriff, dass alles zu spät war, dass alles außer Kontrolle geriet und Jamie nicht mehr aufzuhalten war.

Es begann am Montag, als ich mich beeilte, um nicht zu spät zur Schule zu kommen. Da ich nachts oft wach lag, fiel es mir immer schwerer, morgens früh aufzustehen. Gähnend versuchte ich, mir gleichzeitig die Zähne zu putzen und meine Armbanduhr umzubinden. Sie fiel mir aus der Hand und landete im überquellenden Mülleimer unter dem Waschbecken.

Leise fluchend wühlte ich mich durch die gebrauchten Wattepads, Kosmetiktücher und sündhaft teuren, halb leeren Schminkdöschen von Mum. Der Müll würde hier stehen bleiben, bis ich ihn raustrug, denn außer mir rührte keiner einen Finger im Haushalt. Ich fand meine Uhr auf dem Boden des Eimers, und dort lag auch der Schwangerschaftstest.

Ich lehnte mich zurück, starrte fassungslos auf das weiße Stäbchen und wusste sofort, dass Jamie nie etwas davon erfahren durfte.

»Oh mein Gott! Ist es das, wonach es aussieht?«

Jamie stand hinter mir im Türrahmen. Mein Herz setzte einen Schlag aus. Ich hatte ihn nicht kommen hören. Jamies ganzer Körper, sogar seine Stimme, war angespannt. Er wirkte noch wütender als damals in Dr. Zeelanders Praxis.

»Jamie, er ist negativ.« Ich rappelte mich hastig auf und hielt ihm den Stab hin, damit er sich selbst davon überzeugen konnte. »Sie ist nicht schwanger.«

»Diesmal vielleicht nicht.« Jamie schlug mir das Stäbchen aus der Hand, sodass es scheppernd zu Boden fiel. »Und nächstes Mal? Das kann ich nicht zulassen, Mia!«

»Vielleicht hätte es auch sein Gutes gehabt«, entgegnete ich schwach. »Wenn sie schwanger wäre, würde sie endlich zum Arzt gehen.«

Jamie sah mich mit tiefster Verachtung an, dann wandte er sich um und verließ wortlos das Bad.

Den Schreibwettbewerb hatte ich längst vergessen. Es war bereits drei oder vier Monate her, seit ich meinen Aufsatz in einen Umschlag gesteckt und ihn Ms Kennedy gegeben hatte, damit sie ihn einreichen konnte. Und als sie an diesem Tag aus dem Lehrerzimmer trat und mir mit einem Lächeln sagte: »Ich habe heute eine Überraschung für dich«, dachte ich keine Sekunde an den Wettbewerb, sondern fragte mich, ob sie sich mit ihrem Freund verlobt hatte. Er sah aus wie ein Model und war immer todschick gekleidet, wenn er sie in seinem schwarzen Porsche gelegentlich von der Schule abholte.

Ich Trottel kam noch nicht einmal darauf, als sich alle Schüler in der Aula versammeln mussten und Mr Whitman verkündete, er habe soeben die Ergebnisse des Schreibwettbewerbs erfahren.

»Einige unserer Schülerinnen und Schüler haben dank Ms Kennedys Einsatz an dem Wettbewerb teilgenommen«, fuhr er mit einem strahlenden Lächeln fort. »Und daher freue ich mich sehr, euch heute mitteilen zu können, dass der erste Preis an Mia Jackson aus der 9 a geht.«

Mr Whitman wandte sich mit seinem Hundert-Watt-Lächeln, das er sich gewöhnlich für Regierungsbeamte aufsparte, in meine Richtung. Und trotzdem dachte ich felsenfest, er müsste eine andere Mia Jackson meinen. Ich wäre am liebsten im Boden versunken, als sich die halbe Schule zu mir umdrehte und mich anstarrte. Die andere Hälfte hatte wahrscheinlich keine Ahnung, wer ich war. Ehrlich gesagt war ich sehr überrascht, dass Mr Whitman mich in der Menge erkannt hatte.

»Mia! Das ist ja großartig«, flüsterte Bree neben mir und beugte sich zu mir, um mich fest an sich zu drücken, während Ms Kennedy anfing zu klatschen und die anderen einfielen.

Sofort wandte ich mich zu Jamie um, der in meiner Nähe saß. Er nickte mir lächelnd zu, sagte aber nichts. In seinen Augen lag ein Ausdruck, den ich nicht deuten konnte.

Einen Moment lang vergaß ich alle meine Probleme, Mums Krankheit, unsere Geldsorgen und die vielen Stunden, in denen ich mich voller Angst gefragt hatte, was Jamie als Nächstes vorhatte.

In diesem Moment genoss ich meinen Erfolg. Irgendwo gab es jemanden, der der Ansicht war, dass mein Aufsatz einen Preis verdiente. Den ersten Preis! Ich war noch nie in irgendwas die Beste gewesen. Bis zu diesem Augenblick hatte ich nicht einmal das Gefühl gehabt, ein richtiger Mensch zu sein.

Erst als Bree mich in die Seite stupste, begriff ich, dass Mr Whitman mich aufgefordert hatte, nach vorne zu kommen, um meinen Preis in Empfang zu nehmen. Ich taumelte Richtung Bühne, die mir plötzlich kilometerweit weg vorkam, und schüttelte die Hand des Schulleiters, wobei ich mir wünschte, dass meine Finger nicht so verschwitzt gewesen wären.

Beinahe hätte ich Mr Whitman die Büchergutscheine aus der Hand gerissen, um dann so schnell wie möglich zu meinem Platz zu fliehen.

Ich war hin- und hergerissen zwischen meiner Enttäuschung, dass ich kein Geld gewonnen hatte, um ein paar von Mums Rechnungen zu zahlen, und diebischer Freude darüber, dass ich mir jetzt Bücher im Wert von *hundert Pfund!* kaufen konnte. Opa hatte mir ab und zu neue Bücher mitgebracht, aber das meiste, was ich las, kam aus der Bücherei und kehrte auch wieder dorthin zurück. Der Gedanke daran, in eine Buchhandlung zu gehen und nagelneue Romane zu kaufen, sie aufzuschlagen und die frische Druckerschwärze zu riechen, machte mich so gierig wie Onkel Dagobert in seinem Geldspeicher.

»Und nun möchte ich euch diesen bewegenden Siegeraufsatz vorlesen. Der Titel lautet: *Mein Leben und die Menschen, die mir am meisten bedeuten.*«

Mr Whitman räusperte sich.

Oh mein Gott.

Nein.

Das durfte nicht wahr sein!

Ich wirbelte herum und blickte Ms Kennedy flehend an, aber sie lächelte mir nur aufmunternd zu, während Mr Whitman vorzulesen begann, was ausschließlich für die Jury des Wettbewerbs bestimmt gewesen war.

»Als Ms Kennedy an die Hollyfield School kam, um uns im Fach Englische Literatur zu unterrichten,

sah jeder gleich, wie schön sie war. Doch erst später erkannte ich, dass ihr Inneres genauso schön war wie ihr Äußeres …«

Ich sackte in mich zusammen und ließ den Kopf hängen. Ich glühte förmlich vor Scham. Mir war so heiß, dass ich glaubte, jeden Moment in Ohnmacht zu fallen. Ich *wünschte* mir sogar, in Ohnmacht zu fallen, denn dann hätte Mr Whitman aufhören müssen. Aber das war mir nicht vergönnt, und so saß ich hilflos da und hörte mir meine eigenen Worte an. Worte, die mir auf dem Papier so bedeutungsvoll erschienen waren und die jetzt lächerlich hohl klangen. Wie nett Ms Kennedy zu mir gewesen war, wie sie mich zum Schreiben ermutigt und mir Bücher geliehen hatte und alles andere …

Der Aufsatz kam mir doppelt so lang vor wie damals, als ich ihn geschrieben hatte. Mit jedem Wort, das Mr Whitman von sich gab, sehnte ich mir das Ende des Aufsatzes herbei, und erst als er tatsächlich dort angelangt war, konnte ich wieder etwas leichter atmen. Erneut brandete Applaus auf, und ich wand mich innerlich. Ich wollte nur noch davonlaufen und mir eine Papiertüte über den Kopf stülpen, damit mich niemand mehr erkennen konnte.

»Oh, Mia!«, sagte Bree, als wir die Aula verließen. Sie sah mich staunend an. »Das war unglaublich! Das war fantastisch …« Brees Lob tröstete mich ein wenig. Ich hatte mich ins Rampenlicht gestellt, und war das nicht etwas, was ein echter Schriftsteller tun musste, selbst wenn es ihm peinlich war?

War ich denn eine echte Schriftstellerin?

Konnte ich je eine werden?

Es war wie eine Offenbarung für mich. Während ich vor der Schulkantine stand und der Geruch nach Kohl in der Luft hing, wurde mir plötzlich bewusst, dass ich nichts lieber werden wollte als Schriftstellerin. Ich fragte mich, was Jamie wohl dazu sagen würde, wenn ich es ihm erzählte.

»Bist du lesbisch, Jackson?«

Die schroffe Stimme drang in meinen Tagtraum, der mich vom ersten Platz in einem Schreibwettbewerb in wenigen Sekunden zum Literaturnobelpreis katapultiert hatte.

»Was?«

Ich drehte mich um. Bree packte mich am Arm und wollte mich wegziehen, aber ich reagierte nicht schnell genug, weil ich immer noch meinem Traum nachhing.

Vor mir stand Kat Randall und grinste breit, während ihre Freundinnen sich in einem Halbkreis um sie versammelten. Sie war nicht in derselben Klasse wie ich und von anderen Leuten umgeben, und es war das erste Mal, dass sie mich ansprach. Dennoch wusste ich, wer sie war. Als ich in der Siebten war, war sie für zwei Wochen von der Schule suspendiert worden, weil sie ein Buch nach ihrer Französischlehrerin geworfen hatte.

»Du bist scharf auf Ms Kennedy, stimmt's, Jackson?«, sagte sie mit einem dreckigen Lachen und die anderen Mädchen begannen zu kichern.

Ich starrte sie an. »Hast du sie noch alle?« Vorher hätte ich es nie und nimmer gewagt, so was zu jemandem wie Kat Randall zu sagen. Ich war angenehm überrascht davon, dass sich mein Sieg beim Schreibwettbewerb gleich positiv auf mein Selbstbewusstsein ausgewirkt hatte. »Sie war nett zu mir, das ist alles.«

»Ach so nennt man das heutzutage?«, höhnte Kat, und ihre Freundinnen kreischten wie das Publikum in einer schlechten Sitcom.

»Und was ist mit Jamie?«, fuhr Kat fort. »Erzähl uns doch noch mehr davon, wie viel er dir bedeutet!«

Zum Glück schaffte Bree es endlich, mich wegzuziehen, denn mir war mein neu erworbener Ruhm so zu Kopf gestiegen, dass ich vielleicht etwas gesagt hätte, was ich später bitter bereuen würde.

Auf jeden Fall hatte ich jetzt weniger Angst vor Kat Randall als früher. Und wenn ich mich unauffällig verhielt, würden die Leute sich bald wieder für andere Dinge interessieren und mich vergessen.

Das dachte ich zumindest.

Jetzt weiß ich, dass ich naiv war.

Ein oder zwei Tage lang genoss ich mein neues Ich, das den ersten Preis beim Schreibwettbewerb abgeräumt hatte und nun plante, Schriftstellerin zu werden. Innerhalb eines Tages hatte ich mich von einer absoluten Niete in eine anerkannte Siegerin verwandelt. Nicht einmal die abfälligen Kommentare einiger Schüler, die mich wegen des Aufsatzes aufzogen, machten mir etwas aus. Ich lachte darüber oder ignorierte sie einfach. Sogar Jamie fiel mein Verhaltenswandel auf.

»Verstehst du jetzt, was ich meine, Mia?«, fragte er herausfordernd, und in seinen dunklen Augen lag ein Hoffnungsschimmer. »Glaubst du mir endlich? Man kann sich zurücklehnen und das Leben an sich vorbeiziehen lassen oder man nimmt es selbst in die Hand.«

»Ja, ich weiß«, sagte ich. Ich war von Hoffnung erfüllt, und das war ein berauschendes Gefühl. Als würde ich nach Jahren in der Dunkelheit endlich wieder die warme Sonne auf meinem Gesicht spüren. »Jetzt verstehe ich dich, Jamie.«

Ich war in Hochstimmung. Zum ersten Mal war ich

stolz auf mich und konnte meinem Bruder auf Augenhöhe begegnen. Ich sah eine schillernde Zukunft vor mir liegen, fast schon in Reichweite.

»Es gibt nur zwei Dinge, die dich wieder runterziehen können«, sagte Jamie warnend. »Deine eigene Angst und Mums Krankheit. Vergiss das nicht, Mia!«

Ich erwiderte nichts. Ich hatte ihm nicht einmal richtig zugehört, denn ich war dumm genug zu glauben, dass ich durch meinen Sieg alle Überreste des alten Mauerblümchens namens Mia getilgt hatte.

Ich hatte mich noch nie so selbstsicher, so zuversichtlich gefühlt.

Und was Mum anbelangte, fand ich blitzschnell eine Lösung.

Mia Jackson kann keine Entscheidungen treffen?

Ach wirklich?

Her mit den Entscheidungsfragen, ich werde sie alle, ohne zu zögern, beantworten!

Ich wollte Mum ganz allein zum Arzt schaffen und machte gleich einen Termin in der Praxis aus. Das war kein leichtes Vorhaben, aber ich war überzeugt, dass es mir diesmal gelingen konnte. Zumindest wollte ich es versuchen. Ich stellte mir vor, wie sehr mich Jamie dann bewundern würde. Und dieser Gedanke trieb mich an.

Ich glaube, die alten Griechen hatten ein treffendes Wort, mit dem sich mein damaliger Zustand beschreiben lässt: *Hybris.*

Es steht für Übermut, Anmaßung und ein übersteigertes Selbstbewusstsein.

Kein Wunder, dass meine Hoffnung wie eine Seifenblase platzte.

»Mia, das ist ja furchtbar!« Mum zerknüllte den Brief in ihrer Hand und sah entsetzt zu mir auf. Sie hatte Tränen in den Augen. Ich weiß ja, dass sie mich trotz allem liebt, und deshalb dachte ich auch, dass mein Plan funktionieren würde. »Es ist doch nichts Ernstes, oder, Liebling?«

Natürlich war der Brief gefälscht. Das war keine Schwierigkeit gewesen. Ich hatte einen Computer in der Schulbibliothek benutzt. Das Schulwappen oben auf der Seite ließ den Brief sehr offiziell aussehen, und ich hatte sogar die Unterschrift der Schulschwester nachgemacht.

»Ich weiß nicht, Mum«, sagte ich und stieß einen kleinen Seufzer aus. Mum sollte glauben, dass ich mir zwar Sorgen machte, dies aber vor ihr verbergen wollte. Ich bin keine Schauspielerin, aber die Zuversicht, die mein Sieg beim Schreibwettbewerb vor ein paar Tagen in mir geweckt hatte, trieb mich an. »Ich habe der Schulschwester erzählt, dass ich mich in letzter Zeit dauernd so müde fühle und mir oft schwindelig wird und … na ja, egal, jedenfalls sagte sie, ich solle mich von unserem Hausarzt durchchecken lassen.«

Ich wartete auf eine ihrer typischen melodramatischen Reaktionen und wurde nicht enttäuscht.

»Oh Mia!« Mum zog mich in die Arme. »Hoffentlich ist es nichts Schlimmes! Ich wüsste nicht, was ich ohne dich tun sollte – wirklich nicht!«

»Ich habe noch einen Termin für heute Nachmittag gekriegt – jemand anders hat abgesagt«, erklärte ich. Jamie war wie immer gleich nach der Schule verschwunden und noch nicht nach Hause gekommen. Genau genommen war er ständig unterwegs, und in den vergangenen Tagen hatte ich ihn kaum zu Gesicht bekommen. Ausnahmsweise war ich froh darüber, denn so konnte er mir nicht in die Quere kommen. »Begleitest du mich, Mum? Ich will da nicht alleine hin.«

Mum hielt mich immer noch im Arm, aber ich spürte, wie sie sich versteifte und kaum merklich von mir abrückte. Sie starrte auf mich herab, und ich begegnete ihrem erschreckten Blick.

»Oh, Mia, Liebes …« Mum schien nicht zu wissen, was sie sagen sollte. Tränen traten ihr in die Augen. »Mia, du weißt, dass ich …«

»Bitte, Mum!«, unterbrach ich sie und versuchte,

ehrlich zu klingen, obwohl ich das nicht war. »Ich habe dauernd diese schrecklichen Kopfschmerzen. Ich krieg davon Albträume. Mein Kopf fühlt sich an, als sei er mit Watte vollgestopft, und ich kann nicht mehr klar denken. Es wird immer schlimmer.« Ich begann zu zittern und vergrub das Gesicht in den Händen. »Mum, ich wollte es dir ja eigentlich gar nicht sagen, aber ich habe so furchtbare Angst.«

Durch die Finger beobachtete ich meine Mutter. Sie sah inzwischen selbst blass und krank aus. Ich fand es schrecklich, dass ich ihr das antun musste, aber es war doch nur zu ihrem eigenen Besten. Ich hatte alle Trümpfe ausgespielt. Aber würde es reichen?

»Du musst ja nicht mit in die Praxis kommen, Mum«, sagte ich schnell. »Wenn du nicht willst, kannst du draußen auf der Straße warten. Ich will bloß nicht allein sein, falls …«

Mum zog mich wieder an sich. Sie bebte am ganzen Körper, und ich wusste, dass sie große Angst hatte – um mich und um sich selbst.

»Natürlich komme ich mit, Liebes«, sagte sie mit unsicherer Stimme. »Und ich warte natürlich nicht auf der Straße, also wirklich, Mia! Ich gehe mit dir in die Praxis.«

»Danke, Mum.«

Ich erwiderte ihre Umarmung, und Mum begann

lautlos zu weinen. Ihre Tränen tropften auf mein Haar.

Sie hatte genauso reagiert, wie ich es erhofft hatte, und ich musste mir große Mühe geben, nicht allzu erleichtert zu wirken. Ich war sicher, dass die neue, selbstbewusste Mia das durchstehen würde.

Auf dem Weg zum Arzt malte ich mir aus, was Jamie wohl sagen würde, wenn er herausfand, dass ich Mum ohne fremde Hilfe in die Praxis gelockt hatte.

Dann hätte er keinen Grund mehr, seine gefährlichen Pläne in die Tat umzusetzen.

Besser noch: Wir würden alle wieder glücklich sein.

Dr. Zeelanders Zeit als Vertretung war Gott sei Dank um und ein gewisser Dr. Richardson hatte die Praxis unseres alten Hausarztes übernommen.

Ich hatte den Termin heimlich in Mums Namen gemacht. Das war riskant, denn es bestand die Gefahr, dass Mum gleich bei der Anmeldung herausfinden würde, wer der eigentliche Patient war, noch bevor der Doktor sie zu Gesicht bekam. Ohne Zweifel würde sie es spätestens dann erfahren, wenn er sie hereinrief. Doch ich verließ mich darauf, dass sie einen ihrer legendären Wutanfälle hinlegen würde. Dann müsste sich der Arzt zwangsläufig um sie kümmern.

Und als wir den sterilen weißen Wartebereich betraten, war das Glück ausnahmsweise einmal auf meiner Seite.

»Ich sag nur mal eben an der Anmeldung Bescheid, dass ich einen Termin habe und jetzt hier bin«, murmelte ich.

Mum nickte, und zu meiner Erleichterung ging sie sofort zu einem Platz am Fenster. Sie setzte sich mit dem Rücken zu dem anderen Patienten, der laut schniefte und hustete, und blickte auf den Verkehr hinaus. Ihre Körperhaltung drückte Unbehagen aus, als würde sie die Praxis am liebsten gleich wieder verlassen.

Mit kaum zu ertragender Ungeduld wartete ich an der Empfangstheke, bis die Sprechstundenhilfe ihr Telefongespräch beendete, und sagte dann so leise wie möglich: »Mrs Annabel Jackson, sechzehn Uhr fünfundvierzig.«

Die Dame am Empfang nickte. »Setzen Sie sich bitte noch einen Moment hin.«

Ich ließ mich neben Mum nieder. Sie sagte nichts, griff aber mit feuchten, kalten Fingern nach meiner Hand. Ich sah kleine Schweißtröpfchen auf ihrer Stirn und fand es verwirrend, wie sehr sie von ihrer Angst vor Ärzten und Praxen beherrscht wurde.

»Mrs Jackson?« Die Sprechstundenhilfe hatte den Telefonhörer in der Hand und hielt die Sprechmuschel zu. Neben ihr klingelte ein zweites Telefon. Sie wirkte gehetzt. »Dr. Richardson ist noch in einer Besprechung. Wäre es Ihnen möglich, bis fünf Uhr auf Ihren Termin zu warten?«

Plötzlich schien alles wie in Zeitlupe abzulaufen. Ich wandte mich zu Mum um. Sie sah erst zu mir, dann zu der Frau hinter der Theke.

»Auf *meinen* Termin?«, wiederholte sie äußerst freundlich.

»Ja, es tut mir wirklich leid«, erwiderte die Frau. »Aber Dr. Richardson kann Sie leider nicht vor fünf empfangen.«

Mum suchte meinen Blick.

Ich versuchte, nicht mit der Wimper zu zucken, die Nerven zu bewahren, aber gegen die jahrelange Konditionierung kam ich nicht an. Meine neu erworbene Zuversicht schwand wie das Wasser in einer Badewanne, wenn man den Stöpsel gezogen hat, und ich schlug die Augen nieder.

Meine allerletzte Hoffnung, dass Mum eine Szene machen würde, erfüllte sich nicht. Sie erhob sich einfach nur.

»Leider kann ich nicht warten«, sagte sie ruhig. Und dabei lächelte sie sogar.

»Möchten Sie vielleicht einen neuen Termin ...?«, begann die Sprechstundenhilfe, doch Mum schoss wie eine Rakete aus der Praxis, noch bevor die Frau ihren Satz beenden konnte.

Ich stürzte hinter Mum her. Sie rannte bereits die Straße hinunter.

»Mum! *Mum!*«

Auf Höhe des Supermarktes konnte ich sie einholen, aber nur, weil sich ein Absatz ihrer halsbrecherisch hohen und teuren Pumps gelöst hatte.

Mum fuhr zu mir herum. »Wie kannst du es wagen, Mia?«, fauchte sie mich an, sehr zur Verwunderung der Leute, die an der Bushaltestelle vor der Ladenpassage warteten. »Wie kannst du es wagen, einen Arzttermin für mich zu machen? Was für eine Anmaßung!«

Sie spuckte die Worte voller Wut aus, während sie sich hinkend von mir entfernte. »Ich bin kein Kind, Mia! Misch dich gefälligst nicht in mein Leben ein!«

»Mum, können wir das nicht zu Hause besprechen?«, flehte ich sie an und versuchte, ihren Arm zu nehmen. Ihr blanker Zorn machte mir Angst, ich kannte ihn schon von Jamie. »Ich wollte dich doch nicht …«

»Und ob du wolltest!«, brüllte Mum. »Sei wenigstens jetzt ehrlich! Du hast mich angelogen und mir vorgemacht, du wärst vielleicht ernsthaft krank, Herrgott noch mal!« Sie zog sich den Schuh mit dem kaputten Absatz vom Fuß und schleuderte ihn nach mir, und alle Leute an der Bushaltestelle duckten sich instinktiv. »Geh mir aus den Augen!«

Sie humpelte davon und ich hastete ihr nach. Ich war verzweifelt, denn ich wusste, dass ich gerade wieder in dieses kalte, dunkle Loch abrutschte, dabei hatte ich vor ein paar Tagen noch geglaubt, dass ich dem Elend endgültig entkommen war.

Wie hatte ich nur so dumm sein können?

»Mum, du brauchst Hilfe«, brachte ich schluchzend hervor.

»Lass mich in Frieden!«, schrie sie zurück. Sie schubste mich zur Seite, schüttelte sich den zweiten Schuh vom Fuß und rannte barfuß über die Straße.

Ich hatte versagt. Was kein Wunder ist, denn ich *bin* eine Versagerin. Ich hatte diese Tatsache nur kurzzeitig vergessen, weil ich von meinem Sieg beim Schreibwettbewerb völlig benebelt gewesen war.

Das ist mein Schicksal, so bin ich eben, und es gibt nichts, womit ich das ändern könnte.

Geschlagen und entmutigt schleppte ich mich nach Hause. Mum schrie und tobte im Wohnzimmer und warf Gegenstände an die Wand. Jamie war auch da. Wir standen zusammen in der Tür und sahen aus sicherer Entfernung zu.

»Das ist meine Schuld«, flüsterte ich. »Ich hätte es fast geschafft, sie zum Arzt zu bringen.«

»Du hast es immerhin versucht«, murmelte Jamie. Er sah mich nicht an. Sein Blick war auf Mum fixiert.

»Hör auf zu flüstern!«, kreischte Mum und fuhr zu uns herum. »Reden, reden, reden – alle reden hinter meinem Rücken. Ihr macht mich wahnsinnig! Ich sag es jetzt zum letzten Mal: Niemand hat das Recht, sich in mein Leben einzumischen! Ich gehe *nicht* zum Arzt!«

Als sie auf uns zukam, wippten ihre Locken bedrohlich auf und ab, und aus ihren Augen schossen Blitze. Sie sah schön und schrecklich zugleich aus – wie eine antike Göttin mit Schlangenhaaren.

»Ich werde nicht zum Arzt gehen, weder heute noch sonst wann. Niemals! Ist das klar?«

»Ja, Mum«, sagte ich leise.

Jamie schwieg. Er wandte sich mir zu. In seinen Augen lagen Resignation und zugleich wilde Entschlossenheit, und das schnürte mir die Kehle zu. Ich sah zu, wie er die Wohnzimmertür leise zuzog.

Und ich erkannte, dass die Zeit abgelaufen war.

Dies war das Ende, das wussten wir beide.

Und so standen wir im Flur, Jamie ruhig und beherrscht, ich am ganzen Leib zitternd.

»Sag's mir, Jamie!«, flehte ich. Meine Stimme klang hysterisch, aber das war mir diesmal egal. »Sag mir, was du vorhast!«

»Wir müssen Mum zeigen, was sie zu verlieren hat, wenn sie nicht das tut, was sie tun muss«, antwortete Jamie leise. »Nämlich freiwillig zum Arzt gehen und sich helfen lassen.«

»Verlieren?«, krächzte ich. »Was meinst du damit?«

Jamie ließ mich stehen und ging zielstrebig auf die Haustür zu.

»Wir müssen Mum an ihre Grenzen treiben«, sagte er mit fester Stimme. »Wie sie es so oft mit uns getan hat. Ihr klarmachen, dass es so nicht weitergeht, dass sie nicht allein auf der Welt ist. Wir werden sie wachrütteln, damit sie uns endlich wahrnimmt.«

»Wie denn?«, brach es aus mir heraus. »Ich verstehe nicht, was du meinst. Jamie, du machst mir Angst.«

»Anders geht es nicht, Mia.«

Mehr sagte Jamie nicht. Und ich wusste, dass etwas Schreckliches, Unvorstellbares geschehen würde und ich nichts dagegen tun konnte.

Später kroch Mum zu mir ins Bett, zog mich in die Arme, weinte und bat mich um Verzeihung. Aber es war zu spät. Die neue Mia, die Mia, die für kurze Zeit meine Freundin gewesen war und mir so viel versprochen hatte, hatte mich verlassen. Sie war im Dunkel der Nacht aus meinem Leben verschwunden, und ich glaubte nicht, dass sie je zurückkehren würde.

Ich hatte für nichts mehr Kraft. Ich bekniete Jamie nicht mehr, seine Geheimnisse mit mir zu teilen. Und in der Schule konnte ich die bösartigen Bemerkungen über den verdammten Aufsatz auch nicht mehr mit einem Lachen abtun.

Ich verteidigte mich nicht einmal gegen Kat Randall, wenn sie mich verspottete. Sie war in dem kleinen Supermarkt gewesen und hatte Mums Tobsuchtsanfall aus nächster Nähe mitverfolgt.

»Na, wie geht's deiner Mum heute?« Mit einem selbstgefälligen Lächeln und voller Vorfreude wartete Kat am nächsten Morgen am Schultor auf mich. Sie musste sich extra beeilt haben, um mich quälen zu können, denn sie war berüchtigt dafür, immer zu spät zu kommen.

»Es war echt der Hammer, wie deine Mum gestern durchgedreht ist«, fuhr Kat fort und musterte mich genau, damit ihr auch ja nichts von meiner Demütigung entging. »Gott, war das peinlich, als sie den Schuh nach dir geworfen hat! Nicht wahr?«

Das war erst der Anfang von Kats Hetzkampagne gegen mich, und es sah ganz danach aus, als würde sie mich noch die nächsten Jahre foltern.

Es ist Ironie des Schicksals, dass sich mein Leben

für kurze Zeit zum Guten wandelte und ich daraufhin noch tiefer ins Elend stürzte als je zuvor – und das alles innerhalb weniger Tage.

Die alte Mia war zurückgekehrt und konnte nur hilflos abwarten, was Jamie tun würde.

Ich hatte solche Angst. Um Jamie. Um Mum. Und um mich.

Ich hatte keine Ahnung, wo das alles enden würde.

Nun weiß ich es.

Hier in der Schule.

Mit einer Pistole.

VIERZEHN

MONTAG, 10. MÄRZ, 10.03 UHR

Ich weiß, dass Jamie in der Nähe ist.

Unsere telepathische Verbindung lässt mich ausnahmsweise nicht im Stich.

Oder bilde ich mir das nur ein?

Während ich auf Zehenspitzen durch den Gang schleiche, spüre ich ein Kribbeln in den Fingerspitzen, mein Herz pocht immer schneller und ich kann Jamie beinah atmen hören.

Sprich mit mir, Jamie. Wo bist du?

Angestrengt lausche ich auf seine Antwort, doch in meinem Kopf sind nur meine eigenen Gedanken.

Ich bin so nah und doch so fern. Ich will den Flur runterrennen und in die Klasse 9 d stürmen, um diese nervenzermürbende Angelegenheit endlich hinter mich zu bringen, aber ich reiße mich zusammen.

Geduld, Mia.

Rennen wäre unvernünftig, denn ich kann es nicht riskieren, jemanden in der 9 d – sei es Freund oder

Feind – auf mich aufmerksam zu machen. Nicht bevor mir einfällt, wie ich Jamie klarmachen kann, dass ich Mia bin und kein bewaffneter Polizist.

Wartet Jamie auf mich?

Glaubt er, dass ich komme? Er müsste doch auch meine Nähe spüren.

Und dann durchzuckt mich die Angst wie ein elektrischer Schlag: Wird Jamie überhaupt auf mich hören? Wird er aufgeben, nur weil ich ihn darum bitte?

Ich weiß es nicht.

Womöglich macht es gar keinen Unterschied, ob der Amokläufer Jamie oder ein Fremder ist. Dann muss ich, egal wer es ist, am Ende um mein Leben kämpfen. Dennoch setze ich meinen Weg langsam und mit leisen Schritten fort.

Wie das Hauptgebäude wurde auch der Anbau im Laufe der Jahre aus- und umgebaut, und nun ähnelt er einem Kaninchenbau voller verwinkelter Gänge, einem Labyrinth mit vielen Verstecken.

Ich stelle mir vor, wie Jamie in der Klasse wartet und sich fragt, wer wohl als Nächstes durch die Tür kommt. Irgendwie muss ich ihm mitteilen, dass ich hier bin, alles andere wäre ein zu großes Risiko, vielleicht mit fatalen Folgen. Auf unsere telepathische Verbindung kann ich mich nicht verlassen, denn sie ist zu schwach und flüchtig, falls sie überhaupt besteht. Ich kann die Tür nicht öffnen, solange ich damit rechnen muss, dass Jamie sofort losballert.

Ich muss hier wieder rauskommen. Wer soll denn sonst auf Mum aufpassen?

Leo Jackson?

Dass ich nicht lache!

Ich schiebe den Gedanken an meinen Vater beiseite. Sinnlose Emotionen kann ich im Moment nicht gebrauchen. Komisch, dass mir sein Name ausgerechnet jetzt in den Sinn kommt.

Ich könnte nach Jamie rufen, er würde mich an der Stimme erkennen. Aber damit würde ich mich noch mehr in Gefahr bringen, falls es jemand anders ist. Das darf ich nicht aus dem Auge verlieren, denn es ist immer noch denkbar, vielleicht sogar wahrscheinlicher.

Ich sollte meine fünf Sinne beisammenhalten, sonst bin ich am Ende vielleicht noch das Opfer.

Dann überlege ich, ob ich einen Zettel unter der Tür durchschieben soll.

Die Idee ist so absurd, dass ich fast lachen muss. Aber was Besseres fällt mir im Augenblick nicht ein.

Die Stille im Flur dröhnt mir in den Ohren. Mir war nie bewusst, dass die absolute Stille so laut und so beängstigend sein kann. Jeder meiner Atemzüge, jeder Herzschlag, jedes Knacken meiner Glieder scheint in der staubigen Luft bombastisch laut widerzuhallen.

Durch die herabgelassenen Rollos drang bisher nur wenig Licht, aber jetzt wird es noch düsterer. Ich vermute, dass sich die Sonne hinter Wolken verzogen hat und der Himmel nun grau ist. Die Temperatur ist um ein paar Grad gesunken und mich schaudert es. Aber nicht nur wegen der Kälte, sondern auch vor Angst.

Seltsamerweise denke ich nicht eine Sekunde daran aufzugeben.

Ich bleibe stehen. Wenn ich um die nächste Ecke biege, liegt der Klassenraum der 9 d direkt vor mir.

Bin ich bereit dafür?

Ich drücke mich gegen die Wand und werfe einen raschen Blick um die Ecke. Die weiße Tür der 9 d scheint im Halbdunkel förmlich zu leuchten.

Was geht dahinter vor sich?

Ist Jamie wirklich dort?

Steht er mit der Pistole in der Hand vor der Klasse?

Und bedroht sie?

Obwohl ich beinahe am Ziel bin, kommt mir das Ganze völlig unfassbar vor. Und ich kann nicht anders, als mich zu fragen, ob ich nicht einen gigantischen Fehler gemacht habe.

Andererseits spüre ich noch deutlicher als vorher, dass Jamie irgendwo in meiner Nähe ist.

Der Sichtschutz an der Tür ist unten, sodass ich nicht hineinschauen kann, doch viel wichtiger ist, dass auch niemand hinausschauen kann. Kein einziges Geräusch ist zu hören.

Ich frage mich, wie viele Waffen von draußen auf diesen einen Raum gerichtet sind.

Flach an die Wand gepresst schiebe ich mich langsam auf die Tür zu. Instinktiv unterdrücke ich jede Körperfunktion, die ein Geräusch verursacht, und das schließt das Atmen mit ein. Wenn ich so weitermache, falle ich gleich in Ohnmacht. Keine gute Idee. Also strenge ich mich an, langsam ein- und auszuatmen. Dann wird auch mein Herz wieder ruhiger schlagen.

Aber ich schaffe es nicht.

Jetzt habe ich die Tür erreicht. Noch immer ist nichts zu hören. Schweißperlen laufen mir an den Schläfen herab, und alle meine Sinne sind in Alarmbereitschaft. Ist da überhaupt jemand drin? Oder sind sie woanders hingegangen? Und falls Mrs Lucas, Jamie und die 9 d wirklich in diesem Raum sind, warum gibt dann keiner einen Laut von sich?

Ich befürchte das Schlimmste und beginne beinahe zu wimmern, aber dann beiße ich mir fest auf die Unterlippe und bleibe still. Vorsichtig sinke ich auf meine Knie, beuge mich vor und spähe, ohne die Tür zu berühren, durch das Schlüsselloch.

Und was sehe ich? Nichts. Nur Dunkelheit.

Ich muss die Zähne fest zusammenbeißen, um nicht vor Frust aufzuschreien, als mir klar wird, dass entweder der Schlüssel steckt oder jemand das Schlüsselloch von der anderen Seite verhängt hat.

Was jetzt?, brüllt meine innere Stimme. Was zum Teufel machst du jetzt, Mia Jackson?

Und noch während ich mich das frage, fällt mein Blick auf die Kammer nebenan. Dort werden die Französischbücher aufbewahrt, und sie ist auch von der 9 d aus begehbar. Das weiß ich noch von meinen Französischstunden in diesem Klassenraum.

Es kostet mich enorm viel Selbstbeherrschung, nicht gleich die Tür aufzureißen und hineinzustürzen. Stattdessen strecke ich die Hand aus und drücke die Klinke langsam herunter. Zuerst bewegt sich die Tür keinen Millimeter, und ich denke schon, sie ist abgeschlossen. Doch als ich etwas mehr Druck ausübe, geht sie mit einem leisen *Klick* auf.

Ich schlüpfe in die Kammer und schließe die Tür hinter mir, um keinen Verdacht zu erregen. Hier ist es dunkel, denn es gibt kein Fenster. Ich kann nicht mal die Hand vor Augen sehen. Ich weiß, wo der Lichtschalter ist, aber ich traue mich nicht, ihn zu betätigen. Behutsam taste ich mich zur Verbindungstür vor und bete innerlich, dass ich nicht gleich ein Exemplar von

Madame Bovary oder *Bonjour, Madame! Eine Einführung in die französische Sprache* runterstoße.

Während ich mich Zentimeter für Zentimeter vorarbeite, kann ich einen schmalen Lichtstreifen unter der Tür zur 9 d ausmachen. Und ein dünner Lichtstrahl weist mir den Weg zum Schlüsselloch.

Erneut sinke ich auf die Knie, und erneut gebe ich acht, die Tür nicht zu berühren. Mein Herz pocht entsetzlich laut, als ich mich vorbeuge und mein Auge ganz dicht ans Schlüsselloch bringe.

Und dieses Mal kann ich in den Raum sehen.

Das Blickfeld ist eingeschränkt, aber ich sehe Leute an den Tischen sitzen. Sie leben, sie bewegen sich ab und zu kaum merklich und Erleichterung durchflutet mich. Kat Randall kann ich nicht entdecken, dafür aber Mrs Lucas an ihrem Pult. Sie hält den Kopf gesenkt.

Ich verrenke mich ein wenig, um mehr von dem Klassenraum sehen zu können, aber das Schlüsselloch ist klein und gibt nicht mehr preis. Jamie kann ich nicht ausmachen – aber auch niemand anderen mit einer Waffe.

Ich richte mich auf. Wieder frage ich mich, was ich jetzt tun soll, und mir fällt nur eins ein: Ich werde in den Gang zurückkehren, das eine oder andere Geräusch machen und den Geiselnehmer auf diese Weise aus der Klasse locken. Und dann verstecke ich mich.

Und erst wenn ich weiß, ob es Jamie oder jemand anders ist, entscheide ich, wie ich weiter vorgehe.

Brees Worte kommen mir in den Sinn, und ich kann nur hoffen, dass er keine Maske trägt, denn ich habe keinen Plan B.

Ich drehe mich um und will die Kammer so lautlos verlassen, wie ich hereingekommen bin. Aber während ich meine Hände ausstrecke, um mich an den Regalen entlangzutasten, geben die Henkel der dünnen Plastiktüte an meinem Gürtel unter dem Gewicht des Hammers nach und rutschen aus der Schlaufe.

Ich bemerke es nicht, bis der Hammer zu Boden kracht und der gesamte Anbau unter dem Lärm zu erbeben scheint.

FÜNFZEHN

MONTAG, 10. MÄRZ, 10.10 UHR

Nun muss ich meinen Plan etwas früher in die Tat umsetzen als gedacht.

Während im Klassenzimmer nebenan Geschrei ausbricht, taumele und stolpere ich zum Ausgang der Kammer. Dabei stoße ich gegen Regale, und links und rechts von mir poltern Bücher zu Boden.

Ich erreiche den Ausgang, packe die Klinke, und wieder klemmt die Tür. Schluchzend und keuchend werfe ich mich dagegen – und sie fliegt auf.

Als ich aus der Abstellkammer stürze, höre ich ein unverkennbares Geräusch: Jemand versucht hektisch, eine Tür aufzuschließen. Das Geschrei ist schlagartig verstummt.

Oh Gott! Oh Gott!

Ich renne schneller, als ich je gerannt bin. Ich renne im wahrsten Sinne des Wortes um mein Leben. Meine Nase läuft, meine Augen tränen, ich ringe um Atem. Ich wage es nicht, über die Schulter zu schauen, um nachzusehen, was sich hinter mir abspielt. Ich muss die Ecke erreichen, bevor man mich sieht, bevor jemand auf mich zielen kann …

Meine Muskeln brennen, als ich endlich um die rettende Ecke biege. Gleichzeitig höre ich, wie hinter mir die Tür zum Klassenraum aufgerissen wird. Einen kurzen Moment lang passiert nichts, dann ertönen schwere Schritte, die in meine Richtung laufen.

Jemand sucht nach mir!

Der Amokläufer kann doch seine Geiseln nicht unbewacht lassen, oder? Aber vielleicht hat er ja noch eine andere Methode gefunden, wie er sie in Schach halten kann.

Es kann sonst niemand anderes sein.

Es ist ganz sicher der Amokläufer, und er verfolgt mich!

Er ist nur ein paar Meter weit weg, hinter der Ecke.

Seltsamerweise werde ich angesichts der drohenden Gefahr – vielleicht sogar meines eigenen Todes – innerlich ruhig. Als hätte sich ein Schalter in meinem Hirn umgelegt und mich in einen gefühllosen Roboter verwandelt.

Das ist meine Chance herauszufinden, ob es sich um Jamie handelt oder nicht.

Ich muss mich irgendwo verstecken, wo ich etwas

sehen kann, ohne selbst gesehen zu werden. Und zwar schnell!

Die Schritte kommen immer näher. Ich laufe auf Zehenspitzen wie eine Balletttänzerin, haste in einen Klassenraum und verberge mich im Schatten hinter der Tür, die ich ein Stück offen lasse. Ich spähe durch den Spalt nach draußen. In der Klasse herrscht dämmriges Licht, wie auch im Gang, aber um Jamie zu erkennen, brauche ich keine Festbeleuchtung.

Ich werde es wissen. Ich werde spüren, wenn er es ist.

Jemand biegt um die Ecke. Er hat sein Tempo verlangsamt und bewegt sich vorsichtig vorwärts. Das leise Auftreten seiner Füße ist kaum hörbar. Frustrierenderweise ist die Sicht durch den Türspalt so eingeschränkt, dass ich nicht herausfinden kann, um wen es sich handelt.

Dann höre ich, wie sich die Tür des Nachbarraums öffnet. Dann die gegenüber.

Er kontrolliert alle Räume!

Plötzlich wird die Tür, hinter der ich stehe, weiter aufgedrückt. Meine Knie geben nach und wollen einknicken, aber irgendwie finde ich die Kraft, nicht nur aufrecht stehen zu bleiben, sondern auch keinen Mucks von mir zu geben. Lediglich die Tür, eine dünne Holzplatte, trennt den Täter von mir. Auf der anderen

Seite höre ich flaches, viel zu schnelles Atmen im Gleichklang mit meinem.

Jamie, ich bin's! Ich konzentriere mich ganz auf die telepathische Verbindung, die wir einmal hatten und die ich jetzt so dringend brauche.

Jamie ist hier, da bin ich mir ganz sicher. Dieses Gefühl ist so stark, dass sich meine Nackenhaare sträuben und ich schaudere.

Hinter der Tür *muss* mein Bruder sein.

Aber meine Angst mahnt mich zur Vorsicht, und ich bleibe in meinem Versteck. Auf der Flucht aus der Abstellkammer musste ich den Hammer liegen lassen, daher bin ich jetzt vollkommen unbewaffnet. Ich darf meinem Instinkt, meinem Gefühl nicht hundertprozentig trauen – dafür ist das Risiko zu groß –, ich muss ihn sehen.

Nun geht er wieder …

Ich höre, wie er durch den Flur davonschleicht. Er entfernt sich von mir und schaut dabei offensichtlich auch noch in die anderen Räume dieser Etage.

Er sucht mich immer noch.

Wieder spähe ich hinaus, in der Hoffnung, endlich einen Blick auf ihn zu erhaschen. Da er die Tür ein Stück aufgestoßen hat, ist der Spalt zwischen Tür und Rahmen breiter geworden.

Ich sehe die schwarz gekleidete Person, kurz bevor

sie um die nächste Ecke biegt. Sie trägt einen blauen Rucksack auf dem Rücken.

Ich sehe auch die schwarze Pistole in ihrer Hand. Es ist nicht Opas Pistole.

Mein Gott!

Das ist nicht Jamie.

SECHZEHN

MONTAG, 10. MÄRZ, 10.17 UHR

Draußen kommt die Sonne hinter den Wolken hervor. Sie späht um die Ränder der Rollos und spendet den Gängen und Räumen etwas mehr Licht. Ich bleibe, wo ich bin, weil mir meine Beine nicht gehorchen wollen. Ich zittere unkontrolliert. Übelkeit droht mich zu übermannen, und ich presse mir die Hand auf den Mund, damit ich mein Essen bei mir behalte.

Der Amokläufer ist nicht Jamie!

Jetzt begreife ich erst, in welch großer Gefahr ich schwebe.

Die Gestalt in Schwarz ist etwas kleiner und viel stämmiger als Jamie. Das ist nicht mein Bruder, da bin ich mir ganz sicher.

Doch ich bin mir auch sicher, dass Jamie im Anbau ist. Irgendwo in der Nähe.

Was macht er hier? Ist ihm etwas zugestoßen?

Wo genau ist er?

Ein Schluchzen steigt in meiner Kehle auf, und

wieder presse ich mir die Hand auf den Mund, aber diesmal, um das Geräusch zu ersticken.

Jetzt stehe ich vor einer ganz anderen, aber nicht weniger schwierigen Entscheidung. Soll ich zurückgehen und versuchen, den Geiseln zu helfen? Oder soll ich besser von hier verschwinden und mich selbst in Sicherheit bringen? Mir fällt ein, dass mindestens zwei Ausgänge zugesperrt sind. Vielleicht trifft das auch auf alle anderen zu.

Dann käme ich hier sowieso nicht raus.

Außerdem will ich nicht einfach abhauen, bevor ich weiß, was mit Jamie los ist.

Ich lehne mich gegen die Tür, während mir lauter konfuse Gedanken durch den Kopf wirbeln. Gedanken an Jamie, die Klasse 9 d, Mrs Lucas und die Scharfschützen ...

Wie kann ich allen, einschließlich mir selbst, helfen?

Ich treffe eine Entscheidung.

Ich verlasse den Raum und folge der schwarz gekleideten Gestalt.

Bin ich verrückt geworden?

Wahrscheinlich.

In meinem Schädel setzt sich nur ein Gedanke fest: Ich muss den Kerl irgendwo einsperren.

Keine Ahnung, wie.

Als ich die nächste Ecke erreiche, bleibe ich abrupt stehen, drücke mich gegen die Wand und sammle Mut. Kann ich es wagen, um die Ecke zu blicken? Ich hoffe inbrünstig, dass er nicht hört, wie wild mir das Herz in der Brust pocht.

Unweigerlich stelle ich mir vor, dass er direkt hinter der Ecke mit der erhobenen Waffe auf mich lauert, und ich bekomme eine Gänsehaut.

Ich warte noch ein paar Sekunden, aber ich weiß, dass ich das Risiko eingehen muss. Mir bleibt nichts anderes übrig. Also recke ich den Hals wie eine nervöse Schildkröte und blicke um die Ecke.

Puh!, da ist niemand.

Aber als ich mich gerade von der Wand lösen und weitergehen will, sehe ich eine Silhouette in der offenen Tür des Chemielabors, angestrahlt von den Sonnenstrahlen, die zwischen den Rollos durchdringen.

Seine Silhouette.

Er sucht immer noch nach mir.

Ich ziehe meinen Kopf zurück, als die Gestalt wieder auf den Gang tritt. Kurz sehe ich noch, wie etwas aufblitzt. Sonnenlicht bricht sich auf dem polierten Stahl der Pistole und bringt sie zum Funkeln.

Ich warte und versuche einzuschätzen, wie lange er brauchen wird, jeden Raum auf diesem Stück des Stockwerks zu kontrollieren.

Wird er aufgeben und in die Klasse zurückkehren? Falls ja, wird er mit Sicherheit den kürzesten Weg nehmen, und der führt genau um diese Ecke.

Und was dann?

Doch falls er nicht zurückkommt, falls er noch weiter nach mir sucht, wird er gleich ins Zentrum des Anbaus gehen. Dort verbreitert sich der Gang zu einer Art Galerie mit Stahlgeländer. Wenn man von da aus nach unten sieht, kann man den ganzen Eingangsbereich überblicken.

Die Galerie ist riesig und leer und nach drei Seiten hin offen – hier kann sich niemand verstecken. Nur eine einzige Tür geht von ihr ab, und die führt zum Berufsberatungsraum der Schule.

Wieder höre ich, wie eine Tür aufgeht. Ich schätze, dass dies der letzte Raum vor der nächsten Ecke ist, hinter der die Galerie liegt.

Wenn ich ihm nachschleichen will – und offenbar habe ich genau das vor, auch wenn mir mein gesunder Menschenverstand davon abrät –, muss ich ihm genug Zeit lassen, den Beratungsraum zu durchsuchen und dann in einen anderen Teil des Anbaus zu gehen. Ich darf auf keinen Fall riskieren, auf der Galerie entdeckt zu werden, denn dort wäre ich wie ein Reh im Scheinwerferlicht und könnte nirgendwohin fliehen.

Ich beiße mir so fest auf die Unterlippe, dass ich Blut schmecke, und der Schmerz treibt mich an. Auf Zehenspitzen renne ich bis zur nächsten Ecke. Dort warte ich erst mal ab.

In diesem Augenblick müsste er die Galerie überqueren und auf das Büro der Berufsberatung zugehen. Normalerweise sitzt dort die altbackene, bebrillte und permanent bedrückte Miss Walters, die den Schülern tagaus, tagein einzureden versucht, dass sie nicht wirklich der nächste Beckham oder die nächste Lindsay Lohan werden wollen. Stattdessen sollten sie lieber Lehrer oder Arzt oder Krankenschwester oder Informatiker werden. Bree sagt immer, dass sich bestimmt niemand von Miss Walters beeinflussen lässt, weil sie ein so schlechtes Vorbild abgibt: Sie war so bescheuert, sich für einen Job zu entscheiden, den sie absolut nicht ausstehen kann.

Die arme Bree.

Sie fragt sich bestimmt, was mit mir los ist, schließlich muss Ms Powell der Polizei gesagt haben, dass ich noch im Gebäude bin. Dann weiß es inzwischen jeder, ganz sicher.

Ob Mum schon informiert wurde?

Alles, was bisher geschah, zum Beispiel Ms Kennedys Unfall, scheint mir ewig her zu sein. Daher bin ich schockiert, als ich einen Blick auf meine Uhr werfe und sehe, dass seit der Evakuierung kaum mehr als eine Stunde vergangen ist.

Ich spähe um die Ecke.

Jetzt habe ich freien Blick auf die Galerie. Sonnenlicht stiehlt sich auch hier an den Rollos vorbei und erhellt die offene Fläche. Staubpartikel tanzen träge durch die Luft.

Auf der linken Seite kann ich die Tür zum Berufsberatungsraum sehen. Sie ist zu. Rechts ragt die Galerie über den Haupteingang. Sobald ich sie betrete, bin ich ungeschützt und verwundbar.

Meine Angst ist kaum noch auszuhalten. Sie lässt mich nach Luft ringen wie ein Asthmatiker, und ich versuche verzweifelt, mich zu beruhigen.

Ich ziehe mich wieder hinter meine Ecke zurück. Wieder warte ich dicht an die Wand gepresst, und wieder zehrt das Warten so sehr an meinen Nerven, dass ich zu zittern anfange.

Er kann unmöglich immer noch Miss Walters Büro durchsuchen. Zwischen den Regalen mit den penibel geordneten Studienhandbüchern und Karrierefaltblättern gibt es doch kaum Versteckmöglichkeiten.

Dennoch warte ich drei weitere, unendlich lange Minuten ab, um mir Gewissheit zu verschaffen.

Nichts passiert. Die Tür bleibt geschlossen.

Jetzt weiß ich, dass er in den anderen Teil des

Anbaus gegangen ist und für mich keine Gefahr besteht, wenn ich ihm folge.

Es sei denn, er entscheidet sich plötzlich, wieder umzukehren. Aber daran möchte ich gar nicht erst denken.

Ich stoße mich von der Wand ab und laufe los. Während ich an der Bürotür vorbeirenne, schaue ich über das Geländer hinab ins Erdgeschoss. Ich würde gerne wissen, ob die Polizei dort unten vor dem Eingang steht und auf einen geeigneten Moment wartet, um das Gebäude zu stürmen.

Ich werde ihn irgendwo in dem Labyrinth aus Gängen und Räumen im hinteren Teil des Anbaus einsperren. Und dann kehre ich zur 9 d zurück.

Denn ich werde erst verschwinden, wenn ich herausgefunden habe, was mit Jamie passiert ist.

Auf einmal nehme ich aus dem Augenwinkel einen Lichtstreifen wahr. Ich erstarre vor Schreck und meine Eingeweide ziehen sich krampfhaft zusammen. Als ich den Kopf wende, sehe ich, dass sich die Tür zu Miss Walters Büro sehr, sehr langsam öffnet.

Er kann unmöglich so lange gebraucht haben, um das Zimmer abzusuchen. Er hat mir aufgelauert! Er hat mit mir Katz und Maus gespielt. Er hat meine Schritte gehört, und jetzt macht er sich zum tödlichen Sprung bereit.

Ich kann mich nirgends verstecken.

Es sei denn ...

Es gibt *eine* Fluchtmöglichkeit.

Rasch und leise klettere ich auf die Brüstung. Ich wage es nicht, in die Tiefe zu schauen, bevor ich mich über das Geländer schwinge.

SIEBZEHN

Montag, 10. März, 10.23 Uhr

Ich hänge in der Luft und halte mich mit aller Kraft unten am Geländer fest. Mit jeder Hand umklammere ich eine Eisenstange. Das Metall ist eiskalt und glatt. Zu glatt. Ich habe Angst, dass meine Finger einfach abrutschen, egal wie fest ich zupacke.

Die Sonne hat sich wieder hinter eine Wolke verzogen, um mich herum ist es deutlich dunkler geworden. Ich höre leise Schritte, als er sich aus dem Berufsberatungszimmer schleicht. Er hat geglaubt, er hätte mir eine Falle gestellt, und jetzt muss er sich wundern, dass ich verschwunden bin. Dummerweise ermüden meine Arme schnell, und meine bis zum Äußersten gespannten Muskeln und Sehnen beginnen zu schmerzen.

Instinktiv will ich mit den Füßen strampeln, nach einem Halt suchen, aber ich beherrsche mich. Stattdessen hänge ich kerzengerade herab und rege mich nicht. Ich muss an einen Film denken, den Jamie und ich zusammen gesehen haben. Darin wurde jemand für ein Verbrechen gehenkt, das er nicht begangen hatte. Ich stelle mir vor, tot an einem Baum zu hängen, bis meine Glieder erschlaffen.

Von dort oben dürften nur meine Hände zu sehen sein, wie sie die Stangen umklammern. Ich kann nur hoffen, dass er nicht auf den Boden schaut und sie entdeckt. Von hier unten kann ich ihn nicht sehen. Solange er nicht ans Geländer tritt und hinunterspäht, werde ich nicht herausfinden, um wen es sich handelt. Die Dunkelheit, die jetzt im Anbau herrscht, macht mir Mut.

Er bleibt mitten auf der Galerie stehen.

Und ich hänge buchstäblich in der Luft.

Nach einiger Zeit, es kommt mir vor wie eine Ewigkeit, geht er endlich weiter. Ich schließe erleichtert die Augen, wage es nicht einmal aufzuatmen.

Der Klang seiner Schritte sagt mir, dass er sich langsam in Richtung 9 d bewegt.

Ich habe das Gefühl, dass sich meine Arme gleich aus den Gelenken lösen. Zum ersten Mal bin ich dankbar dafür, dass ich mager und untergewichtig bin. Nun beginne ich, mit den Beinen zu zappeln. Ich schaukele hin und her und hole Schwung, bis es mir endlich gelingt, eine Fußspitze auf den Rand der Galerie zu bekommen. Keuchend und mit enormer Kraftanstrengung schiebe ich den Fuß zwischen zwei Eisenstangen und ziehe mich am Geländer hoch. Dann plumpse ich auf der anderen Seite wie ein nasser Sack zu Boden. Ich zittere, aber nicht vor Erleichterung, sondern weil zu viel Adrenalin durch meine Adern gepumpt wird.

»Jetzt bin ich an der Reihe«, murmele ich.

Einen Augenblick lang bin ich in Hochstimmung, weil er mich reinlegen wollte und ich stattdessen *ihn* ausgetrickst habe.

Wir spielen immer noch Katz und Maus. Aber jetzt bin ich die Katze.

Vielleicht bin ich verrückt, aber ich nehme die Verfolgung auf.

Und während ich ihm nachrenne, tue ich zwei Dinge.

Erstens stelle ich die Weckfunktion an meiner Armbanduhr ein. Der Alarm wird in einer Minute losgehen. Zweitens mache ich eine Schlinge aus meiner Schulkrawatte.

Dann gebe ich Gas. Ich kann nur wenige Sekunden hinter ihm sein. Wenn er wirklich zur 9 d zurückgeht, müsste ich ihn nach der nächsten Ecke sehen können.

Nur noch zwanzig Sekunden, bis der Alarm an meiner Uhr losgeht.

Ich habe mir den Plan, wie ich ihn fangen werde,

genau zurechtgelegt, als ich eben am Geländer hing. Ich stürme in den Klassenraum einer Achten und lege dort meine Uhr aufs Lehrerpult. Dann schieße ich wieder hinaus, rase ins Labor gegenüber und verstecke mich hinter der Tür.

Fünf, vier, drei, zwei, eins.

Drüben beginnt meine Uhr zu piepen, was in dem stillen Gebäude unheimlich laut und blechern klingt.

Augenblicklich kommt er zurückgerannt.

Oh Gott! Mir war nicht klar, wie dicht ich hinter ihm war. Das waren höchstens ein paar Meter. Er muss gleich hinter der Ecke gewesen sein.

Diesmal gibt er sich keine Mühe, leise zu sein, denn er denkt ja, er hätte mich geschnappt.

Dabei habe ich *ihn* geschnappt.

Ich höre, wie er in den Klassenraum poltert. Sofort schieße ich mit der Krawatte in der Hand aus dem Labor.

Ich ziehe die Tür hinter ihm zu, schiebe die Schlaufe über die Türklinke und zurre sie mit zitternden Fingern fest. Dann sinke ich auf die Knie und wickle das andere Ende der Krawatte um das Ventil des Heizkörpers, der praktischerweise direkt neben der Tür montiert ist.

Plötzlich zerreißt ein markerschütternder Wutschrei die Stille. Er zerrt von innen an der Tür und mir rutscht die Krawatte fast aus den Fingern. Mir ist schlecht vor Angst. Ich schluchze und schniefe, während ich die Krawatte an das Rohr knote.

Die Tür ist nun fest verschlossen. Hoffentlich!

Langsam und am ganzen Körper zitternd erhebe ich mich. Und stoße selbst einen ohrenbetäubenden Schrei aus, als ich das Gesicht sehe, das sich an die Scheibe oben in der Tür presst.

Ach du Scheiße! Das ist Lee Curtis!

Lee Curtis, Zehntklässler, Drogendealer und Kat Randalls Exfreund.

Lee hämmert mit der Pistole gegen das Glas und brüllt aus vollem Hals. Seine Augen treten hervor, und sein Gesicht ist wutverzerrt. Jetzt sieht er mich, und es verschlägt ihm die Sprache. Ich kann mich nicht regen, nicht einmal den Blick senken.

Lee starrt mich fassungslos an. Er scheint nicht wahrhaben zu wollen, dass ich es bin, die ihn ausgetrickst hat. »Lass mich raus, du Schlampe!«

»Ich hab schlechte Neuigkeiten!«, schreie ich plötzlich wie in einem Glücksrausch, obwohl mir Tränen übers Gesicht laufen. »Ich lasse mich nie mehr von dir oder sonst wem einschüchtern!«

Lee tobt wie ein Raubtier. Ich sehe durch die Scheibe, wie er versucht, seinen Rucksack auszuziehen, während er heftig gegen die Türklinke tritt.

Da packt mich das blanke Entsetzen. Ich muss unbedingt Hilfe holen, bevor Lee sich seinen Weg frei schießt und sich auf mich stürzt.

»Jamie!«, kreische ich heiser, als ich herumwirbele und davonrenne. Ich will nach unten ins Erdgeschoss, ein Fenster einschmeißen und die Polizei alarmieren. »Jamie, ich weiß, dass du hier irgendwo bist! Wo bist du?«

Und dann sehe ich einen grellen Lichtblitz, begleitet von dem lautesten Knall, den ich je gehört habe. Die Tür des Klassenraums platzt aus den Angeln, ich höre das Klirren von Glas, und die Wucht der Druckwelle lässt mich mit dem Kopf voran durch den Gang fliegen. Rauch quillt aus der Tür, ich höre Menschen schreien, und in meinen Ohren klingelt es schrill. Was ist hier los?

Dann schlage ich schwer auf dem Boden auf.

Ich sehe Sterne und alles wird schwarz.

ACHTZEHN

Montag, 10. März, 14.10 Uhr

Ich kann Sterne sehen.

Ich schwebe durch die Finsternis. Hin und wieder leuchtet ein silberner Stern in der Dunkelheit auf, aber wenn ich meine Hand ausstrecke, um ihn zu berühren, entwischt er mir. Dabei zieht er einen Schweif aus Flammen hinter sich her.

Ich fühle mich schwerelos und entspannt.

Ich bin glücklich.

Aber plötzlich werde ich unbarmherzig in die andere Richtung gezerrt. Ich wehre mich, doch mein Gegner ist stärker.

»Nein!«, rufe ich.

Rasend schnell werde ich durch Zeit und Raum geschleudert, auf ein grelles Licht zu, das mich verbrennen wird. Ich will dort nicht hin, aber ich habe keine Wahl. Das herrliche Gefühl der Schwerelosigkeit verschwindet, und zurück bleibt ein schwerer, mit blauen Flecken übersäter und übel zugerichteter Körper.

Ich will etwas sagen, aber ich kann nicht sprechen. Meine Lider flattern und öffnen sich langsam.

Zuerst sehe ich nur reines Weiß und denke, ich liege auf einer Wolke. Dann erkenne ich, dass ich in einem kleinen, weiß gestrichenen Zimmer bin, in einem Bett mit weißer Bettwäsche. Das Licht ist jetzt noch viel greller, und meine Augen beginnen zu tränen. Ein Schluchzen dringt aus meiner Kehle, und ich kneife die Augen zu.

»Mia?«

Ich kenne die leise Stimme an meinem Ohr. Sie gehört Mum. Ich zwinge mich, die Augen wieder zu öffnen, und wende den Kopf. Aber ich sehe nur ihren Umriss, einen verschwommenen Schemen.

»Gott sei Dank!«, seufzt Mum und bricht in Tränen aus.

Ich blicke mich um und kann weitere Umrisse ausmachen, die langsam Gestalt annehmen. Schließlich erkenne ich eine Frau in Schwesterntracht, dann einen Mann in weißem Kittel. Ich bin so verwirrt, dass ich erst nach einer Weile begreife, wo ich bin. Im Krankenhaus.

Aber warum?

Es fällt mir schwer, mich daran zu erinnern, was passiert ist. Mein Gehirn scheint viel langsamer zu arbeiten als der Rest meines Körpers, und ich kann mir keinen Reim aus meinen dunklen, sinnlosen und verworrenen Gedanken machen.

Ich weiß allerdings, dass ich eine Frage unbedingt stellen muss.

Ich versuche zu schlucken, aber es fällt mir schwer.

»Jamie?«, flüstere ich.

Ich habe so leise gesprochen, dass mich niemand verstehen konnte. Mit meiner Stimme stimmt was nicht. Sie ist brüchig und heiser und klingt, als würde sie nicht zu mir gehören.

»Was hast du gesagt, mein Schatz?« Mum beugt sich über mich, und ihre verschwommenen Gesichtszüge werden ein wenig schärfer. Sie nimmt meine Hand. Der Arzt tritt näher an mein Bett, die Schwester auch.

Ich lecke mir über die trockenen Lippen und wünschte, mein Hirn würde sich nicht wie Brei anfühlen.

»Jamie.« Dieses Mal schaffe ich es, meiner Stimme etwas mehr Kraft zu verleihen. »Jamie. Wo ist er? Ich konnte ihn nicht finden.«

Mum schnappt nach Luft. Unsicher sieht sie erst mich, dann den Arzt an. Tränen rollen ihr über die Wangen, aber sie gibt keinen Laut von sich.

»Ist Jamie etwas passiert?«, frage ich verzweifelt. »Warum antwortet ihr nicht?«

Der Arzt beugt sich über mich. Er ist mittleren Alters und sein Haar ist grau.

»Mia? Wie fühlst du dich?«

»Wo ist Jamie?«, wiederhole ich stur.

Und dann, viel zu spät, begreife ich, was ich gesagt habe.

Selbst in meinem benebelten Zustand erkenne ich, dass ich einen großen Fehler gemacht habe.

Der Arzt runzelt die Stirn. »Mia«, sagt er sanft. »Erzähl mir, wer ist Jamie?«

NEUNZEHN

»Nun habe ich euch etwas über die Menschen erzählt, die mir viel bedeuten: meine Lehrerin Ms Kennedy, meine Freundin Bree und meinen Großvater«, liest Dr. Macdonald in nüchternem Ton vor. *»Aber kein Mensch ist mir wichtiger als mein Zwillingsbruder Jamie. Er starb, als ich geboren wurde.«*

Dr. Macdonald legt die Seiten meines preisgekrönten Aufsatzes auf ihren Tisch und sieht mich an. Sie ist klein und ihr schwarzes Haar glänzt wie in einer Shampoowerbung. Sie hat es kunstvoll hochgesteckt, um ihren langen Hals zu betonen. Ihr knielanges Kleid ist chic und marineblau, die flachen Pumps sind perfekt darauf abgestimmt. Sie ist Psychologin oder Psychiaterin, ich kann mir den Unterschied nie merken. Jedenfalls eine Ärztin für den Kopf.

Ich bin immer noch im Krankenhaus, obwohl es mir körperlich wieder ganz gut geht. Seit zwei Wochen kommt Dr. Macdonald stundenweise zu mir, und mittlerweile, darüber bin ich selbst überrascht, will ich tatsächlich reden. Zuerst habe ich ihr nicht getraut, aber jetzt ist mein emotionaler Damm gebrochen, und die Worte sprudeln nur so aus mir heraus. Ich bin das menschliche Äquivalent zu den Niagarafällen. Es kümmert mich nicht mehr, was andere von mir denken. Als wäre mir ein Panzer gewachsen, von dem alles abprallt. Ich erzähle Dr. Macdonald von Mum und Opa, Michael Riley und Caroline Zeelander, von Leo Jackson und all den anderen.

Ich erzähle ihr alles und verheimliche nichts.

Dr. Macdonald hört mir zu, und in den ersten Sitzungen unterbricht sie mich nur selten. In ihrem feinen, ovalen Gesicht ist weder Unglaube noch Missbilligung zu lesen. Allerdings auch kein Mitgefühl. Sie ist höflich und schenkt mir fast immer ihre ungeteilte Aufmerksamkeit, ohne preiszugeben, was sie selbst denkt.

»Sehen Sie, ich bin nicht verrückt«, sage ich ruhig. »Ich bin völlig klar im Kopf. Mir war die ganze Zeit bewusst, dass Jamie kein realer Mensch ist wie Sie oder ich. Dass er schon tot auf die Welt kam. Ich habe immer gewusst, dass er ein Geist ist.«

Nein, das stimmt nicht ganz. Als wir noch sehr klein waren, wusste ich es nicht. Schon in meinen frühesten Erinnerungen war Jamie da, mein Zwilling und ständiger Begleiter. Mum und Opa, die Erzieherinnen im Kindergarten und alle anderen spielten einfach mit, wenn ich darauf bestand, dass Jamie auch haben sollte, was ich bekam: Geburtstagskarten, Luftballons, Süßigkeiten und dergleichen.

Schließlich ist es doch niedlich, wenn eine Vierjährige einen imaginären Freund hat, nicht wahr?

Erst nach und nach lernte ich die befremdlichen Blicke und das missbilligende Stirnrunzeln zu deuten und begriff, dass eine Siebenjährige mit einem unsichtbaren Gefährten nicht toleriert wird.

Und so lernte ich zu schweigen. Aber Jamie blieb bei mir, war immer ein fester Bestandteil meines Lebens. Als ich in meinem Aufsatz über ihn schrieb, achtete ich sehr darauf, mein Geheimnis nicht preiszugeben.

Mein Bruder ist immer bei mir. Das kann ich spüren. Er wacht über mich wie ein Schutzengel …

Natürlich habe ich an keiner Stelle erwähnt, dass ich Jamie *sehe* und mit ihm spreche – und dass er mit mir spricht. Ich weiß, dass das niemand verstehen würde. Selbst die Leute, die behaupten, an Geister zu glauben, würden mich für völlig verrückt halten.

»Glauben *Sie* an Geister?«, frage ich Dr. Macdonald.

Dr. Macdonald überlegt sich ihre Antworten immer sehr genau, als hätte sie Angst, dass sie mit einer falschen Äußerung Schaden anrichten könnte.

Sie zieht die hellen Brauen ein wenig zusammen und steckt sich eine Haarsträhne fest.

»Ich denke nicht, dass ihre Existenz oder Nicht-Existenz ausreichend nachgewiesen ist«, sagt sie schließlich.

»*Ich* glaube an Geister«, sage ich kühn, »auch wenn Sie meinen, ich hätte nicht alle Tassen im Schrank. Und ich bin nicht die Einzige. Viele Menschen glauben an Geister.«

»Aber nicht viele Menschen haben einen Geist in ihren Alltag integriert«, gibt Dr. Macdonald freundlich zu bedenken.

Ich schweige. Damit hat sie natürlich Recht.

»Sie glauben mir nicht, dass Jamie ein Geist ist«, sage ich. »Sie glauben, dass ich halluziniere.«

Nun ist es Dr. Macdonald, die schweigt. Unsere Gespräche haben etwas Spielerisches. Wir spielen Katz und Maus, so wie ich und Lee Curtis im Anbau, aber hier ist es ein Spiel mit Worten. Dr. Macdonald hält sich für die Katze, aber noch bin ich nicht bereit, mir das Genick durchbeißen zu lassen.

»Ist Jamie hier?«, fragt sie mich.

Mein Lächeln verblasst. »Nein. Ich habe ihn seit dem Morgen in der Schule nicht mehr gesehen.«

Das letzte Mal, als ich Jamie sah, war er auf dem Weg zum Anbau gewesen. Wir waren noch nie so lange voneinander getrennt, und es fühlt sich an, als hätte ich einen Teil von mir selbst verloren.

Warum kommt er nicht?

»Weißt du eigentlich, was bei deiner Geburt geschah, Mia?«, fragt Dr. Macdonald und wechselt einmal mehr abrupt das Thema. Das ist eine ihrer Taktiken. »Bei deiner und Jamies?«

Ich schüttele den Kopf.

»Es war wohl eine schwierige Geburt, mit einigen Komplikationen«, erklärt sie freundlich. »Und der Arzt hatte erst wenig Erfahrung. Das hat dazu geführt, dass Jamie nicht durchkam.«

Mich überkommt eine tiefe Traurigkeit und ich beiße mir auf die Lippe. Jetzt verstehe ich, warum Mum eine solche Abneigung gegen Ärzte und Krankenhäuser hat.

»Das hat sie Ihnen alles erzählt?«, frage ich.

»Ja.« Dr. Macdonald hält meinem skeptischen Blick stand. »Überrascht dich das, Mia?«

»Ein bisschen«, gebe ich zu. »Es musste wohl tatsächlich erst etwas Krasses passieren, damit Mum endlich darüber spricht. Etwas wie der Amoklauf.«

»So hast du es dir auch vorgestellt, oder?«, bemerkt Dr. Macdonald.

Ich sehe sie verständnislos an.

»Das hast du mir vor ein paar Tagen erzählt«, fährt sie fort. »Dass du deine Mutter wachrütteln wolltest, damit sie ihre Medizin nimmt und sich um euch kümmert.«

»Oh.« Jetzt verstehe ich sie. »Das war nicht ich. Das war Jamie.«

»Ja, richtig.« Dr. Macdonalds Miene ist so glatt und ausdruckslos wie eine Maske. »Nun, diesmal sorgen wir dafür, dass deine Mutter die Hilfe bekommt, die sie braucht. Mach dir darüber keine Gedanken. – Ach, wie ich sehe, ist unsere Zeit für heute um.«

Ich bin Dr. Macdonald dankbar, aber das hält mich nicht davon ab, hartnäckig an dem festzuhalten, was ich verdammt noch mal weiß. Jamie war all die Jahre bei mir, und Jamie ist ein Geist.

Ein real existierender Geist.

Wahrscheinlich ist das ein Widerspruch in sich.

Keiner weiß so richtig, warum Lee Curtis die Tat begangen und was er sich davon versprochen hat. Er war sauer auf die Schule und insbesondere auf Mrs Lucas, da sie ihn beim Dealen erwischt und dafür gesorgt hatte, dass er suspendiert wurde. Und vielleicht hat er auch vor Kat Randall den starken Mann markieren wollen.

Seine Pistole, die er übers Internet gekauft hatte, war übrigens nicht echt. Gefährlicher war der Sprengstoff, den er in seinem Rucksack in die Schule geschmuggelt hatte. Die Anleitung zum Bombenbauen hatte er ebenfalls im Netz gefunden. Er hatte die Sprengsätze rund um die Klasse 9 d platziert, einen davon an der Zimmertür, einen anderen an der Tür zur Abstellkammer, in der ich mich versteckt hatte. Er hatte seinen Geiseln gesagt, dass alle Bomben miteinander verbunden seien und gleichzeitig zünden würden, sobald jemand versuchen würde, eine der beiden Türen zu öffnen. Deshalb konnte er seine Geiseln allein lassen und nach mir suchen: In der 9 d wagte aus Angst niemand, auch nur einen Laut von sich zu geben.

Das und noch einiges mehr erfuhr ich von Mum und Bree, die mich im Krankenhaus besuchten. Na ja, vor allem von Bree. Mum war meistens nicht in der Lage, viel zu sagen. Sie saß leise weinend an meinem Bett, hielt meine Hand oder strich mir übers Haar.

Ich mache mir jetzt weniger Sorgen um Mum. Obwohl ich Dr. Macdonald nicht mag, habe ich Vertrauen zu ihr, und wenn sie sagt, dass Mum geholfen wird, weiß ich, dass es stimmt.

Die Ärzte haben Bree angewiesen, mich nicht aufzuregen, und auch wenn ich spüren kann, dass sie höllisch neugierig ist, hat sie mich bisher noch nicht gefragt, wieso ich an diesem Tag nicht mit den anderen aus dem Schulhaus gelaufen bin. Stattdessen hat sie mir erzählt, was passiert ist, und die Zusammenhänge hergestellt, die mir noch fehlten. So weiß ich inzwischen, dass der Sprengsatz, den Lee im Rucksack mit sich herumschleppte, als einziger scharf war. Die anderen, die er um die Klasse herum deponiert hatte, waren alle Blindgänger, die nicht einmal in hundert Jahren hochgegangen wären. Bree sagt, Lee war in Chemie schon immer eine Niete. Jedenfalls detonierte der eine Sprengsatz, als er sich den Rucksack vom Rücken zerrte. Die Polizei hat dann sofort das Gebäude gestürmt und die Geiselnahme beendet. Lee wurde schwer verletzt, aber er wird wieder gesund werden.

Bree hat mir außerdem einen ganzen Stapel Zeitungen mitgebracht, auch überregionale. Und in jeder heißt es, ich sei eine Heldin.

Jetzt ist Kat Randall mir sicher ziemlich dankbar.

Ist es wirklich erst ein paar Wochen her, seit sie mir am Schultor aufgelauert und mich mit meiner Krawatte fast erwürgt hat? Es kommt mir vor, als sei das Lichtjahre her.

Nach allem, was ich durchgestanden habe, werde ich nie wieder Angst vor Kat Randall haben. Und wie ich schon Lee Curtis gesagt habe: Ich werde mich nie mehr von jemandem einschüchtern lassen. Niemals.

Nicht einmal von Dr. Macdonald.

Mit dieser Einstellung gehe ich auch in unsere nächste Sitzung und eröffne sie, indem ich Dr. Macdonald herausfordernd ansehe.

»Eines haben Sie mich noch gar nicht gefragt«, sage ich, »obwohl Sie vor Neugier sicher fast platzen.«

Dr. Macdonald ignoriert meinen frechen Ton. »Wenn du mir etwas sagen willst, leg los.«

»Sie wollen doch sicher wissen, wie ich glauben konnte, dass ein Geist zweiunddreißig Leute in seine Gewalt bringen kann. Wie ich so fest daran glauben konnte, dass ich mein eigenes Leben riskiert habe, um ihn zu stoppen.«

Dr. Macdonald sagt nichts, sondern sieht mich nur an. Ich habe Lust, ihr etwas ins Gesicht zu schleudern.

»Damit eins klar ist: Jamie hat bloß versucht, mir zu helfen.« Ich bin voller Ungeduld und die Worte sprudeln nur so aus mir heraus. »Alles, was passiert ist, all die schlimmen Sachen, die er getan hat, all die Aktionen, mit denen er mich dazu zwingen wollte, dass ich mich gegen Mum durchsetze und ihr Hilfe beschaffe – all das hat er nur für mich getan. Er wollte mir Mut machen. Er wollte, dass ich stärker werde, damit man mich nicht mein Leben lang herumschubsen kann. Er wollte mir zu der Zukunft verhelfen, die er selbst niemals haben würde, die er nicht erleben durfte. Und außerdem …« Ich kann mir den triumphierenden Blick nicht verkneifen. »Außerdem kann ich beweisen, dass Jamie nicht nur in meinem Kopf existiert. Denn es haben ihn auch noch andere gesehen.«

Das scheint Dr. Macdonald nicht zu beeindrucken. Sie sieht mich unverwandt an.

»Aha«, sagt sie schließlich. »Wenn ich das richtig verstanden habe, erscheint Jamie auch anderen Leuten, aber nicht regelmäßig. Und wieso, denkst du, ist das so, Mia?«

»Herrgott noch mal, ich kenne doch auch nicht alle Gesetze der Geisterwelt!«, erwidere ich gereizt. »Der Punkt ist der, dass andere ihn ebenfalls gesehen haben. Nicht nur ich.«

Dr. Macdonald reagiert nicht. Ich habe ihr meine Geschichte von Anfang bis Ende erzählt, da müsste sie es doch längst begriffen haben.

»Nur falls Sie es vergessen haben«, sage ich mit einem Hauch Sarkasmus, »Opa hat Jamie auch gesehen!«

»Du meinst, als er krank war?«, fragt Dr. Macdonald. Sie fügt dem nichts hinzu, aber natürlich will sie darauf hinaus, dass Opa in den letzten Wochen seines

Lebens unter Medikamenteneinfluss stand und nicht mehr klar denken konnte.

»Am Tag, als er starb, konnte er Jamie sehen«, sage ich stur. »Das weiß ich genau.«

Dr. Macdonald und ich tragen ein Wortgefecht aus. Ich konfrontiere sie mit dem, was ich weiß, auch wenn es weit hergeholt klingt, und sie begegnet meinen Worten mit kalter, harter Logik.

»Und von Dr. Zeelander habe ich Ihnen doch auch erzählt«, fahre ich fort und sehe ihr direkt in die Augen. Die alte Mia hätte sich das niemals getraut. »Als sie sich weigerte, mit uns über Mum zu sprechen, wurde Jamie so sauer, dass er den Ablagekorb von ihrem Schreibtisch fegte. Und in diesem Moment muss Dr. Zeelander ihn gesehen haben, denn sie war wie gelähmt.«

Dr. Macdonald nickt nachdenklich. »Hat sie denn etwas dazu gesagt?«

»Nein, aber wir können sie ja fragen«, gebe ich trotzig zurück. »Oder denken Sie vielleicht, Dr. Zeelander hatte auch Halluzinationen?«

»Du hast Recht, wir sollten sie einfach fragen«, stimmt Dr. Macdonald zu meinem Erstaunen zu.

»Und dann ist da ja noch Mum«, rede ich weiter, fest entschlossen, sie zu überzeugen. »Sie hat Jamie zwar nicht gesehen, aber nach dem zu urteilen, was sie sagt, kann sie uns manchmal miteinander reden hören.«

»Mia, deine Mutter leidet an einer bipolaren affektiven Störung – auch manische Depression genannt«, entgegnet Dr. Macdonald ruhig. »Halluzinationen, sowohl visuelle als auch auditive, sind keine seltenen Begleiterscheinungen dieser Krankheit.«

»Ach, und Sie denken, dass ich die Krankheit von ihr geerbt habe?«, blaffe ich sie an.

Das sollte ein Witz sein, aber sie lächelt nicht.

»Hören Sie.« Ich bin so nervös, dass ich aufspringe und in dem Krankenhauszimmer auf und ab gehe. »Sie glauben mir nicht, dass Jamie ein Geist ist. Und Sie denken, ich hätte mir das alles nur ausgedacht. Doch andere Leute haben ihn auch gesehen, nicht nur ich! Vielleicht hat er all diese Dinge, von denen ich Ihnen erzählt habe, gar nicht getan, aber das wären dann schon ziemlich seltsame Zufälle, nicht wahr? Und wenn Jamie es nicht war, wer denn dann? Es war ja niemand ...«

Dr. Macdonald schweigt. Draußen wird es dunkel, und sie knipst das Licht an. Die ganze Zeit über sieht sie mich an, sagt aber nichts.

Und dann trifft mich die Erkenntnis wie ein Faustschlag. Meine Knie geben nach, als könnten sie mein Gewicht nicht mehr tragen, und ich sinke zurück auf meinen Stuhl.

»Sie glauben, dass ich es war«, flüstere ich. Es kostet mich enorm viel Kraft weiterzusprechen. »Sie glauben, ich bin Jamie.«

»Das habe ich nicht behauptet, Mia«, entgegnet Dr. Macdonald. Zum ersten Mal höre ich einen Hauch von Mitgefühl in ihrer Stimme. »Das sagst *du*.«

»Aber …« Vollkommen verwirrt drücke ich meine Finger gegen die Schläfen. Mein Gesicht glüht, aber meine Hände sind eiskalt. »Sie glauben, dass zwei Personen in meinem Kopf sind. Aber das ist nicht möglich! Ich *rede* mit Jamie. Ich kann ihn *anfassen*. Ihn *sehen*.«

Meine Stimme kippt vor Entsetzen. Ich habe Jamie und mich immer als zwei Hälften eines Ganzen betrachtet. Und jetzt stellt sich heraus, dass wir noch viel enger miteinander verbunden sind.

Eine multiple Persönlichkeit.

Zwei Menschen in einem Körper, einem Geist.

In meinem.

Das glaube ich nicht. Das will ich nicht glauben. Doch im Verlauf der Sitzungen hat Dr. Macdonalds langsame, aber wirkungsvolle Steter-Tropfen-höhlt-den-Stein-Methode alles, wovon ich bisher überzeugt war, still und leise zersetzt – wie Säure, die sich durch Metall frisst.

»Aber wenn ich das alles getan hätte, dann würde

ich mich doch daran erinnern, oder?«, platze ich heraus. Es kommt mir vor, als wäre mein Verstand in lauter kleine Stücke zerbrochen, die nun in alle Himmelsrichtungen davonwirbeln. Und als könnte ich jeden Gedanken nur kurz festhalten, um ihn zu betrachten, bevor ich zum nächsten weiterrenne. »Ich würde mich daran erinnern können, wenn ich das Haus meines Vaters in Brand gesetzt, Michael den Arm gebrochen und das Auto der Ärztin demoliert hätte.«

»Nicht unbedingt, Mia«, erwidert Dr. Macdonald. »Unser Verstand kann uns täuschen. Er ist sehr geschickt darin, uns vorzumachen, dass Schwarz Weiß ist und umgekehrt.«

»Aber ich habe *gesehen*, wie Jamie zum Anbau gegangen ist, bevor der Alarm losging«, bricht es aus mir heraus. Es gibt so viele Gründe, warum das nicht wahr sein kann und warum es nicht wahr sein *darf*. Aber Dr. Macdonalds kalte, klare Logik hat sich hinterrücks angeschlichen, mich vollkommen unerwartet gepackt und hält mich nun eisern fest.

»Das hast du erzählt, ja«, sagt sie. »Und was geschah dann?«

»Ich dachte, dass Jamie etwas Krasses tun würde, damit Mum begreift, dass wir es satthaben«, antworte ich langsam. »Ich wusste nicht, was, aber ich dachte, dass er es auf Kat Randall abgesehen hatte, weil sie mich immer quält. Also bin ich aus dem Klassenzimmer gelaufen, um …« Mir versagt die Stimme. Doch obwohl ich total durcheinander bin, versuche ich weiterzusprechen. »Ich wollte zum Anbau, um …«

Wieder verlässt mich meine Stimme.

Es war nicht Jamie, der in den Anbau ging, weil er sich auf irgendeine Art an Kat Randall rächen und damit zugleich die Aufmerksamkeit aller auf sich ziehen wollte – einschließlich Mums. Es war nicht Jamie, dessen Plan durchkreuzt wurde, weil Lee Curtis ihm in die Quere kam.

Ich war das.

Ich kann mich nicht erinnern, was ich im Sinn hatte, wie mein Plan aussah.

Aber ich war es.

Ich zittere. Ich ziehe die Knie an die Brust, schlinge die Arme um sie, lasse mein Haar übers Gesicht fallen und mache mich so klein wie möglich.

»Bin ich sehr krank?«, frage ich zögernd.

Dr. Macdonald sagt etwas, der Tonfall ihrer Stimme ist sehr beruhigend, aber ich höre ihr nicht zu. Ich lasse die vergangenen vierzehn Jahre an mir vorüberziehen.

Ms Kennedy hat mir immer gesagt, ich hätte eine wunderbare Fantasie, die Vorstellungskraft einer

Schriftstellerin, aber jetzt zeigt sich, dass mir genau das zum Verhängnis geworden ist.

Ich blicke zurück in die Vergangenheit und frage mich verzweifelt, ob es möglich ist, dass »Jamie«, der wilde, rücksichtslose, aufbrausende Jamie, die andere Seite der schwachen, unscheinbaren Mia ist. Hatte ich diese andere Persönlichkeit immer schon in mir?

Das würde erklären, woher ich den Mut und die Nerven hatte, mich in den Anbau vorzukämpfen und Lee Curtis zu überlisten.

Die Wut, die ich empfand, als Ms Kennedy mich aus dem Schulhaus zerren wollte, und als Dr. Zeelander und Leo Jackson sich weigerten, uns zu helfen – diese Wut war meine und Jamies. Es war Jamies Idee, Mum zu zwingen, sich helfen zu lassen, koste es, was es wolle, aber es war auch meine.

Ich bin Mia.

Ich bin Jamie.

Ich liege in meinem Krankenhausbett, habe mir die Decke über den Kopf gezogen, damit mich niemand sieht, und weine.

Ich weine um den Bruder, den ich zu kennen geglaubt habe, der aber nur in meinem Kopf existiert hat und nirgends sonst. Den Bruder, den ich so skrupellos benutzt habe, um den Hass und die Wut auszuleben, die das graue Mäuschen Mia immer unterdrückt hat. Ist es möglich, dass all diese intensiven Gefühle so viele Jahre in mir eingeschlossen waren, ohne dass ich es bemerkt habe?

Wie es aussieht, bin ich sehr krank, noch viel schlimmer als Mum.

»Es tut mir leid, Jamie«, flüstere ich.

Aber was nützt das?

Ich entschuldige mich nur bei mir selbst.

Die Nacht bricht herein, aber die Schwester ist noch nicht gekommen, um die Jalousien herunterzulassen. Von der Lampe, die auf dem Nachtschränkchen steht, wird mein kleines Zimmer nur schwach beleuchtet. In der Luft hängt der Duft von Freesien, die Mum heute mitgebracht hat. Sie ist niedergeschlagen und hat noch immer große Angst um mich. Aber diese Angst hat sie tatsächlich dazu gebracht, sich Hilfe zu holen, und Dr. Macdonald hat die Maschinerie bereits in Gang gesetzt.

Heute ist etwas Erstaunliches geschehen. Mum hat mir erzählt, dass Leo Jackson sich bei ihr gemeldet hat. Was für ein Schock. Mum wirkte sehr verlegen und brauchte fast fünf Minuten, um mir diese Neuigkeit mitzuteilen. Ich sagte ihr nicht, dass ich Leo bereits kennengelernt habe, und ich glaube auch nicht, dass er mit ihr darüber gesprochen hat. Irgendwann werde ich es ihr erzählen.

Keine Geheimnisse mehr.

Leo hat die Zeitungsberichte gelesen und Mum angeboten, Unterhalt für mich zu zahlen. Aus schlechtem Gewissen? Wer weiß. Ich frage mich, ob er rückwirkend für vierzehn Jahre zahlen wird. Jedenfalls können wir das Geld wahrhaftig gut gebrauchen.

Ich habe Mum nicht gefragt, ob Leo irgendeine Art von Beziehung zu mir haben will. Das werde ich schon noch herausfinden, allerdings nur, wenn ich es auch will, und nur nach meinen Bedingungen.

Bree kann es kaum erwarten, dass ich wieder in die Schule komme. Es soll eine Feier geben und ich soll eine Medaille für meine Tapferkeit bekommen. Natürlich werde ich mich bei Ms Kennedy entschuldigen. Ich werde sie auch bitten, mir dabei zu helfen, Schriftstellerin zu werden.

Es gibt vieles, worauf ich mich freuen kann, wenn ich wieder gesund bin.

Ich ziehe die Knie fest an meine Brust und rolle mich in der tröstenden Geborgenheit des Bettes zusammen wie ein Baby im Mutterleib. Dann wische ich mir die Tränen mit dem Handrücken ab. Ich weiß, dass ich jetzt stärker bin, genau wie Jamie es sich gewünscht hat.

»Leb wohl, Jamie«, flüstere ich, als mich Hoffnung für die Zukunft erfüllt und mein Herz höher schlägt. »Ich brauche dich nicht mehr.«

Lies mich ...

Leseprobe aus dem
Ravensburger Taschenbuch 58209
»Kick it like Beckham«
von Narinder Dhami

Old Trafford. Manchester United gegen Anderlecht. Die Zuschauer, ein Meer aus Rot und Weiß, sind unglaublich nervös. Sie warten auf das alles entscheidende Tor.

»Die große Frage ist nur, *wer* von Manchester United das Tor schießen wird«, sagt John Motson atemlos. »Wird es Scholes sein? Oder vielleicht Ryan Giggs? Oder wird David Beckham hier die Entscheidung bringen?«

Die Zuschauer lehnen sich vor und feuern die Spieler an. Die Atmosphäre ist wie elektrisiert.

»Oh, da kommt ja der Ball, auf den Beckham gewartet hat! Jede Menge Spieler im Mittelfeld, und auch Bhamra kämpft sich durch. Eine wunderbare Flanke von Beckham, und da ist Bhamra. Was für ein großartiger Kopfball! – und … und … TOR!«

Die Zuschauer rasen vor Begeisterung.

»Ein Tor! Ein Tor von Jess Bhamra! Ein exzellenter Kopfball! Sie ist höher gesprungen als all ihre Gegenspieler. Fantastisch, wie sie den Ball ins Toreck gezirkelt hat! Der Torwart hatte keine Chance! Jess

Bhamra macht sich allmählich einen Namen bei Old Trafford! Was meinen Sie, Gary? Haben wir in ihr etwa einen neuen Star vor uns?«

Nun werden Gary Lineker, Alan Hansen und John Barnes im TV-Studio eingeblendet. Alle drei sehen ziemlich beeindruckt aus.

»Unbedingt, Motty!«, meint Gary und wendet sich an die Diskussionsrunde. »Was meinen Sie, Alan? Könnte Jess Bhamra die Antwort auf Englands Gebete sein?«

Alan zieht die Augenbrauen hoch. »Kein Zweifel, dass wir hier ein großes Talent vor uns haben, Gary. Sie denkt voraus, hat Ballgefühl und eine schnelle Reaktion. Wisst ihr was? Ich wünschte, sie würde für Schottland spielen!«

Gary lacht und wendet sich dann an John Barnes. »John, glauben Sie, dass England die richtige Spielerin gefunden hat, um an die ruhmreiche Weltmeisterschaft von 1966 anzuknüpfen?«

»Keine Frage, Gary«, antwortet John. »Ich glaube, wir haben endlich das fehlende Puzzleteilchen gefunden. Und das Beste an ihr ist, dass sie noch längst nicht ihre Höchstform erreicht hat!«

Gary blickt wieder in die Kamera. »Und nun, liebe Zuschauer, begrüßen wir hier bei uns im Studio Jess' Mutter – Mrs Bhamra!«

MUM?! Verschwinde! Was hast du in meinem Tagtraum verloren?

»Mrs Bhamra, Sie müssen sehr stolz auf Ihre Tochter sein!«, sagt Gary strahlend.

»Nein, ganz im Gegenteil!«, kreischt Mum. »Ich finde es schrecklich, dass sie mit diesen Männern herumrennt! Und dabei siebzigtausend fremden Menschen ihre nackten Beine zeigt! Sie bringt nur Schande über unsere Familie ...« Sie wirft einen giftigen Blick auf die Diskussionsteilnehmer. »Und Sie drei sollten sie nicht noch ermutigen.«

Gary, Alan und John blicken drein wie kleine Jungs, die von ihrem Lehrer ausgeschimpft werden.

»Jesminder, du kommst auf der Stelle nach Hause!«, poltert Mum weiter und hält den drohend erhobenen Zeigefinger in die Kamera. Ihre Augen blitzen vor Zorn. »Warte nur, bis du mir unter die Augen trittst! Jesminder Bhamra ...«

In der nächsten Sekunde wurde die Tür meines Zimmers aufgerissen.

»Jesminder, hast du mich nicht gehört?«, fauchte Mum.

Verflixt, warum muss sie einen immer stören, wenn es am spannendsten ist? Dabei wollte Gary gerade Sven-Goran Eriksson interviewen, der mit dem Gedanken spielt, mich für das nächste Englandspiel aufzustellen.

»Jesminder, bist du verrückt geworden?« Anklagend blickte Mum zuerst auf den Fernseher, dann auf mich. Mit ihrem speziellen Blick, der überdeutlich sagt: Hör zu, ich bin deine Mutter und habe hier das Sagen. »Fußball hin oder her! Morgen ist die Verlobungsfeier deiner Schwester, und du sitzt hier herum und schaust dir diesen Glatzkopf an!«

Aufgebracht riss sie mir die Fernbedienung aus der Hand und schaltete den Fernseher aus. Ich stöhnte gequält auf. »Oh, Mum! Beckham wird gleich ein Tor schießen!«

Doch das interessierte Mum natürlich nicht im Geringsten. Wie immer. »Komm sofort nach unten!«, befahl sie mir. »Deine Schwester wird gleich verrückt.«

Ach, erzähl mir etwas, was ich noch nicht weiß! Pinky ist sowieso ziemlich verrückt. Und jetzt, so kurz vor ihrer Hochzeit, war sie total am Durchdrehen. Sogar hier oben war im Moment zu hören, dass sie unten im Flur wegen irgendwas ausrastete.

Mit einem leisen Seufzer erhob ich mich. Nicht einmal in meinem Zimmer hatte ich meine Ruhe. Es war genau nach meinem Geschmack eingerichtet und Mum regte sich ständig darüber auf. Überall waren

Bilder von David Beckham, und mein Manchester-United-T-Shirt mit der Nummer 7 hing ebenfalls an der Wand. Beckham war mein großes Idol. Okay, ich weiß, was ihr jetzt denkt. Stimmt, er ist verdammt süß. Das sieht sogar ein Blinder. Doch das ist nicht der Grund, warum ich auf ihn stehe. Auf dem Spielfeld ist er ein Gott. *Niemand* kickt wie Beckham.

»Diese Hochzeit hängt mir jetzt schon zum Hals heraus, dabei hat sie noch gar nicht angefangen«, brummte ich mit einem Hilfe suchenden Blick auf Beckhams Poster, das über meinem Bett hängt. Ich weiß, es klingt komisch, aber ich rede oft mit ihm.

Beckham blickte auf mich herab, als würde er mich verstehen. Er verstand mich immer. Sonst tat das niemand. Zumindest nicht in diesem Haus. Ich erinnerte mich an das Zitat eines berühmten Liverpool-Managers, das ich irgendwo gelesen hatte: *Manche Leute halten Fußball für eine Sache, bei der es um Leben und Tod geht. Dabei geht es um sehr viel mehr.* Haargenau meine Meinung!

Betont langsam ging ich nach unten. Pinky stand im Flur und sah aus, als wollte sie jemanden mit bloßen Händen erwürgen.

»Warum tut sie das in letzter Minute?«, brüllte sie. »Sie will mir das Fest ruinieren. Glaub mir, Mum, sie ist das Fieseste, was man sich vorstellen kann!«

»Pinky!«, sagte Mum tadelnd, während sie in die Küche eilte. »Du hast doch noch jede Menge andere.«

»Aber es ist doch schon alles *geplant*«, wimmerte Pinky. »Jetzt brauche ich was anderes.« Sie bedachte mich mit einem finsteren Blick. »Würdest du freundlicherweise mal in die Gänge kommen?«

»Was ist los?«, erkundigte ich mich. Für mich hörte es sich so an, als wäre jemand gestorben.

Pinky baute sich vor mir auf. »Stell dir vor: Teets bescheuerte Schwester hatte die Frechheit, mir vorhin zu sagen, dass sie in Pink zu unserer Verlobung kommt. Das heißt, ich kann meinen rosafarbenen *Sari* vergessen.« Wenn Blicke über eine Distanz hinweg töten könnten, wäre die Schwester ihres Bräutigams in ihrem Haus am anderen Ende der Stadt in diesem Moment tot umgefallen. »Dabei habe ich schon sämtliche Accessoires und *alles* in der passenden Farbe ausgesucht.«

Die Frage »Ist das alles?« lag mir schon auf der Zunge, doch ich konnte sie mir zum Glück noch in letzter Sekunde verkneifen. Denn sonst wäre *ich* mausetot in der Diele zu Boden gegangen. »Oh nein, Mum«, stöhnte ich. »Muss ich schon *wieder* einkaufen gehen?«

Mum kam aus der Küche gestürmt und fuchtelte mit einer Karotte vor meiner Nase herum. »Meine

Mutter hat damals meine komplette Aussteuer für mich ausgesucht – einundzwanzig *Saris* – und ich habe mich nicht einmal beschwert. Ihr Mädchen seid viel zu verwöhnt.« Entschlossen schob sie uns zur Haustür. »Und vergesst meine *Dhania* nicht. Vier Bündel für ein Pfund. Oh, und natürlich auch Karotten.«

Die Vorbereitungen für diese Hochzeit nehmen kein Ende, dachte ich mir im Stillen und klammerte mich ans Armaturenbrett, während Pinky wie eine Wahnsinnige in Richtung Southall Broadway brauste.

Doch das Schlimmste stand mir noch bevor: Die Verlobungsfeier am morgigen Abend!

»Wir gehen zu *Damini's*!«, verkündete Pinky und stapfte über den Broadway, als würde er ihr gehören. Sie hatte sich ihre Jeansjacke über den Arm geworfen und zog nun, in ihrem knappen roten Top, einer knallengen Jeans und mit der Sonnenbrille, eine Menge Blicke auf sich. Mich, in meiner Adidas-Trainingshose und dem weiten T-Shirt, beachtete kein Mensch. Was mir ehrlich gesagt ganz lieb war.

Meine Schwester ist ein Einkaufsfreak, wie er im Buche steht. Bei *Damini's* brachten wir eine geschlagene Stunde damit zu, Kostüme und Hosenanzüge zu begutachten. Gekauft haben wir allerdings nichts. Danach schleppte sie mich ins *Ajanta Footwear*, um sich Schuhe anzuschauen. Ich machte mir nicht die Mühe, sie darauf hinzuweisen, dass es wenig Sinn hatte, sich nach Schuhen umzusehen, solange sie nicht wusste, was sie anziehen wollte. So wie Pinky im Moment drauf war, hätte sie mich für diese Bemerkung vermutlich vor den nächstbesten Bus gestoßen.

»Oh nein«, hörte ich Pinky wispern, als wir das Geschäft betraten.

Da erblickte ich sie ebenfalls: unsere Cousinen, Meena, Bubbly und Monica, die gerade Schuhe anprobierten. Sie sind ganz okay, die drei. Zumindest wenn man hirnlose Tussis mag, die nur zwei Dinge im Kopf haben: Jungs und Klamotten. Wie gewöhnlich trugen sie auch an diesem Tag schulterfreie, winzige Tops und enge Jeans. Ihre neuen hellen Strähnchen waren nicht zu übersehen. Ich glaube, sie halten sich für die indische Ausgabe von Jennifer Aniston. Na ja, meinetwegen ... Beim Anblick der drei entgleisten Pinky kurz die Gesichtszüge, doch dann fing sie sich wieder und zauberte ein gekünsteltes Lächeln auf ihr Gesicht. Sie eilte auf unsere Cousinen zu, als hätte sie sie seit mindestens fünf Jahren nicht mehr gesehen.

»Hi! *Mwah! Mwah!*«

Theatralisch fiel sie ihnen um den Hals und hauchte jeder ein Küsschen auf die Wange. Ich stand nur unbeteiligt daneben, die Hände in den Taschen meiner Trainingshose vergraben, und wünschte mir, ich wäre unsichtbar.

»Mensch, was machst du denn hier?«, quiekte Monica. »Du hast doch nicht etwa alles bis zur letzten Minute aufgeschoben, oder?«

Pinky lachte. »Nein, ich genieße bloß die letzten Tage in Freiheit.«

Monica, Bubbly und Meena lächelten gequält. Ich hätte gewettet, dass sie vor Neid fast platzten und sich nichts sehnlicher wünschten, als dass *sie* es wären, die heirateten.

Ich erschrak, als Pinky Monica auf einmal entgeistert anstarrte. »Seit wann hast du diese Kontaktlinsen?«, fragte sie mit frostiger Stimme.

Oh nein, bitte nicht!

Monica grinste selbstzufrieden. »Gefallen sie dir? Ich finde, sie passen toll zu meinen Haaren.«

»Na ja ...« Pinky holte zum vernichtenden Schlag aus. »Mein Verlobter mag keine gefärbten Haare«, sagte sie mit einem zuckersüßen Lächeln, woraufhin Monica vor Wut rot anlief. »Aber egal, ich kann nicht den ganzen Tag hier herumstehen und quatschen. Ich muss nach Ealing zur Kosmetik. Tschüss, bis dann ...«

»Tschüss, Pinky, bis dann«, säuselten die drei Schönheiten im Chor.

Pinky packte mich am Arm und zog mich zur Ladentür. »So ein Miststück!«, raunte sie mir ins Ohr. »Warum musste sie sich ausgerechnet blaue Kontaktlinsen kaufen? Jetzt kann ich *meine* nicht tragen!«

Ich musste mir auf die Zunge beißen, sonst wäre mir etwas herausgerutscht, was ich später bereut hätte. Unser Einkaufsbummel war natürlich noch längst nicht zu Ende.

»Hm, wir sollten vielleicht noch mal zu *Damini's* gehen«, fuhr Pinky fort, als wir wieder auf dem Broadway waren. »Das Lycra-Outfit mit der Spitze hat mir ganz gut gefallen.« Plötzlich stieß sie mich in die Seite. »Schau, Jess, da kommt dein Freund.«

Tatsächlich kam Tony auf uns zu, zusammen mit seiner Mutter und voll beladen mit Einkaufstüten. Hey, macht euch jetzt keine falschen Vorstellungen. Ich kenne Tony seit Jahren und mag ihn sehr. Aber nicht so, wie ihr vielleicht denkt!

»Mach's ja kurz«, zischte Pinky mir ins Ohr. Abfällig taxierte sie Tonys Mutter, die hinter ihm herschlurfte und durch ihre dicken Brillengläser blinzelte. Wie fast alle indischen Frauen ihres Alters hatte sie sich einen Schal um den Kopf gebunden. »Ich hoffe bloß, dass die Mutter deines Freundes morgen bei der Feier eine Strickweste über ihren drei Speckringen trägt.«

»Sei nicht so fies, sie ist schon alt«, brummte ich zurück.

»Na und?«, entgegnete Pinky schnippisch.

Tony tat etwas schüchtern. Doch das hatte nichts zu bedeuten. Es war ihm einfach peinlich, mit seiner Mum zusammen gesehen zu werden. Und natürlich auch mit dem Sack Zwiebeln und der Familienpackung Klopapier unterm Arm. »Hi, Jess. Hallo, Pinky!«

»*Saat Sri Akal, Massiji*«, sagten Pinky und ich wie aus einem Munde und falteten unsere Hände vor der Brust.

Tonys Mutter strahlte uns an. »Möget ihr ein langes Leben haben, meine Töchter. Ist für morgen schon alles vorbereitet?«

»Ja, *Massiji*«, antwortete Pinky brav und zog ihre indische Kleinmädchennummer ab. »Mum macht gerade die *Samosas*.«

»Möge Gott dir und deinem zukünftigen Ehemann ewiges Glück gewähren!«, sagte Tonys Mutter mit ihrer lauten Stimme. Echt wahr, sie redet wirklich so. »Und betet für mich, dass auch Tony so viel Glück hat und ich eine so entzückende Schwiegertochter bekomme, hm?«

Ich konnte mir ein Grinsen nicht verkneifen, als ich Tonys Gesicht sah. Der Ärmste wäre am liebsten im Boden versunken.

»Vielen Dank, *Massiji*«, sagte Pinky hastig. Man sah ihr an, dass sie es eilig hatte, von hier wegzukommen. »Okay, also bis dann …«

»Wie lief's in Biologie?«, wollte Tony von mir wissen, als Pinky mich schon am Ellbogen packte.

Wir hatten gerade die Abschlussprüfungen geschrieben, und Tony und ich hatten meistens zusammen gelernt – wenn wir nicht gerade im Park Fußball gespielt haben!

»Ganz okay«, antwortete ich. »Hast du auch die Genetik-Aufgabe genommen?«

Tony nickte und wir besprachen kurz die wichtigsten Punkte unserer Antworten. Ein Glück, dass wir dasselbe Thema gewählt hatten.

»Hoffentlich kriege ich eine Eins«, sagte ich seufzend. Mum und Dad hatten Großes mit mir vor. Nach der Schule sollte ich Jura studieren, und dafür brauchte man einen guten Notendurchschnitt. Ich hatte bisher keinen Einspruch erhoben, denn eigentlich wusste ich nicht, was ich *wirklich* wollte. Außer Fußball spielen. Und daraus kann man keinen Beruf machen. Zumindest nicht als Mädchen …

»Komm schon, Jess!«, zischte Pinky mir ins Ohr.

»Kommst du später noch in den Park?«, fragte Tony mich hoffnungsvoll. Im Klartext hieß das: Hast du später noch Lust auf ein Spielchen mit den Jungs?

»Ich werd's versuchen«, versprach ich ihm. Eine Runde kicken war genau das, was ich brauchte, um den ganzen Verlobungstrubel für ein paar Stunden vergessen zu können. »*Saat Sri Akal, Massiji.*«

Ich winkte Tony und seiner Mutter zum Abschied zu. Als sie davongingen, stieß Pinky auf einmal einen spitzen Freudenschrei aus, der vermutlich in ganz Hounslow zu hören war.

»Ich hab's gefunden!« Triumphierend deutete sie im Schaufenster, vor dem wir standen, auf einen *Sari* in Lila und Kirschrot. »Komm mit, Jess!«

Dem Himmel sei Dank, stöhnte ich innerlich auf, als sie mich entschlossen hinter sich herzog.

Das nächste größere Drama ereignete sich, als wir wieder im Auto saßen und mir plötzlich einfiel, dass wir die *Dhania* und die Karotten für Mum vergessen hatten. Pinky hatte keine Lust, zu spät zu ihrer Kosmetikerin zu kommen, und setzte mich deshalb einfach in der Nähe unseres Hauses ab, damit ich die Sachen in *Gill's Mini-Market* kaufen konnte. Von da aus trat ich den Heimweg zu Fuß an und beschloss, einen kurzen Abstecher in den Park zu machen. Es war wirklich nur ein *kleiner* Umweg. Ehrlich.

Tony und einige der anderen – Taz, Sonny, Gary und so weiter – waren schon am Spielen. Fröhlich schwang ich die Tüte mit dem Koriander und den

Karotten hin und her und ging etwas langsamer, um ihnen zuzuschauen.

Als Tony mich sah, hellte sich sein Gesicht auf und er kam zu mir gelaufen. »Hey, Jess, willst du nicht kurz mitspielen?«

»Ich kann nicht«, antwortete ich zerknirscht. »Mum wartet auf mich, und Dad hatte heute Frühschicht.«

»Ach was, komm schon, Jess!«, bettelte Tony. »Wir brauchen dich!«

Ich zögerte.

»Komm schon!« Tony packte mich am Arm.

Ich stellte die Tüte auf der nächstbesten Bank ab und rannte zu den anderen aufs Feld. Taz und Sonny begannen zu pfeifen und dämliches Zeug zu brüllen, aber das tun sie immer, weshalb ich sie meistens gar nicht beachtete. Eigentlich sind sie ganz okay. Sie haben nur eben mehr Muskeln als Verstand.

Wir fingen noch mal von vorne an und innerhalb von Sekunden war ich im Ballbesitz. Sonny rannte auf mich zu, aber ich sah ihn schon aus einer Meile Entfernung kommen. Ich umdribbelte ihn geschickt und rannte weiter Richtung Tor. Aus den Augenwinkeln sah ich Taz auf mich zurennen. Unvermittelt stoppte ich den Ball, machte einen Übersteiger – und Taz war ausgetrickst. Keine Ahnung, warum mein Gehirn hundertmal schneller als sonst arbeitet, wenn ich spiele. Aber es ist immer wieder ein herrliches Gefühl!

Frustriert versuchte Taz noch einmal, mich von der Seite her anzugreifen. Er grätschte in meine Beine, kam dabei aber an meine Knöchel. Ha – Freistoß!

»Hält die sich für Beckham oder was?«, knurrte Gary. So viel zum Thema Gleichberechtigung! Ich glaube, Jungs werden sich nie damit abfinden können, wenn ein Mädchen besser spielt als sie!

»Genau! Und kannst du ihn auch so gut mit der Brust annehmen wie er, Jess?«, rief Sonny kichernd und schlug sich auf seinen nackten Oberkörper. Keiner der Jungs hatte ein Shirt an. »Du weißt schon, so, dass er schön *abprallt*!«

Auch Taz hielt sich nun die Hände vor den Oberkörper und tat so, als habe er Brüste. »Los, Jess, zeig es uns!«

Ich kickte den Ball mit der Ferse in die Luft, fing ihn auf, machte einen Schritt auf die gackernde Gruppe zu und warf ihn dann mit voller Wucht in Taz' Eier. Mit einem Aufschrei krümmte er sich nach vorn, und die anderen Jungs konnten sich nicht mehr halten vor Lachen. Zufrieden vor mich hin grinsend schnappte ich mir die Tüte und sah zu, dass ich endlich nach Hause kam.

»Das ist unfair!« Ich lag verkehrt herum auf meinem Bett und blickte zu Beckham hinauf. »Ich hätte noch den ganzen Abend weiterspielen können. Jungs müssen nie nach Hause gehen, um ihrer Mutter zu helfen ...«

Natürlich war ich den ganzen Weg nach Hause gerannt, aber Mum warf mir trotzdem vor, ich sei viel zu lange weg gewesen. Ein kritischer Blick auf meine schmutzige Trainingshose hatte ihr natürlich verraten, dass ich noch zum Fußballspielen im Park gewesen war. Davon bekam sie immer schlechte Laune.

»Ich frage mich«, fuhr ich nun verdrossen fort, »was sein wird, wenn sie mir einen Ehemann aussuchen. Ob ich dann wohl einen bekomme, der mich so viel Fußball spielen lässt, wie ich möchte?«

Erschrocken zuckte ich zusammen, weil plötzlich meine Zimmertür aufging.

»Mit wem redest du da?«, fragte Dad verwundert. Er war gerade von der Arbeit gekommen und trug noch seine Sicherheitsbeamten-Uniform.

»Oh, mit ... niemandem«, sagte ich hastig.

Dad kam herein und setzte sich auf mein Bett. »Du weißt, dass Biji und ihr Enkel hier wohnen werden, wenn sie zur Hochzeit kommen.« Er sah sich in meinem Zimmer um. »Warum hängst du nicht lieber ein paar schöne Landschaftsbilder auf statt dieses glatzköpfigen Mannes?«

»Dad!«, stöhnte ich gequält auf.

Schmunzelnd strich er mir über die Haare. »Okay, ich gehe mich umziehen. Du kommst dann und hilfst mir draußen.«

Ich rollte mich vom Bett. Für die Verlobungsfeier mussten wir mehrere Leuchtgirlanden an der Hausfassade aufhängen. Und Mum würde mir garantiert auch noch jede Menge Last-Minute-Jobs aufbrummen. Morgen wieder zum Spielen zu gehen, sollte ich mir besser gleich aus dem Kopf schlagen …

Die Verlobungsfeier war ehrlich gesagt gar nicht *so* schlimm, wie ich befürchtet hatte. Unser Haus sah fantastisch aus, als all die vielen Lichter im Dunkeln leuchteten, und zu essen gab es so reichlich, dass wir ganz Southall satt bekommen hätten. Sämtliche Verwandten der näheren Umgebung waren erschienen, und unser Wohnzimmer quoll über vor Menschen. Die Männer waren in Anzug und Krawatte, sogar Tony, und die Frauen glitzerten und funkelten wie Weihnachtsbäume. Monica, Bubbly und Meena steckten ständig die Köpfe zusammen, taxierten die Outfits der anderen Mädchen und überlegten angestrengt, wie viel es jeweils gekostet haben mochte. Jede Wette, dass sie sich bei *meinem* Outfit nicht lange aufgehalten haben! Mein blauer *Shalwaar Kameez* – bestehend aus knielangem Kleid und dazu passender Hose – war das schlichteste und unauffälligste Modell, das Mum mir gerade noch durchgehen ließ.

Pinky, die neben ihrem Teetu saß und die stille, schüchterne Braut spielte, wirkte nervös aber glücklich. Sie und Teetu waren schon seit Jahren ein Paar, anfangs sogar hinter dem Rücken von Mum und Dad. Er war eigentlich ganz nett, wenn auch ein ziemliches Schlitzohr. Mir persönlich war es ein Rätsel, was Pinky an ihm fand, doch über Geschmack lässt sich bekanntlich nicht streiten. Und Pinky war nun einmal völlig vernarrt in ihn.